01

聖女様になりたいのに攻撃魔法しか使えないんですけど!?

Seijosama ni naritainoni kougekimahou shika tsukaenaindesukedo!?

青季ふゆ

Ill. ボダックス

Contents

伝説の始まりプロローグ

――聖女になりたい。

ユフィ・アビシャスが心の底からそう思った理由はただ一つ。

『ユフィちゃん、いつも一人だね』

忌々しきこの言葉を人生から撲滅するためだ。

ミリル村は、ゴボウがたくさん取れるくらいしか特色のない人口千人くらいの村で、魔法国家エルバドル王国の中ではユフィと同じくらい存在感が薄い。

そんな村でユフィは他の子よりも軽い体重で生まれ、食欲も人並み未満で育ち、ゴボウみたいな貧弱ボディに成長を遂げた。色白で、ひょろっとしていて、髪の毛もくすんだ灰色。

三歳になった頃、「たくさん友達ができるといいわねえ～」という呪いの言葉と共に送り込まれた、村唯一の教育施設である教会で、同い年の子たちがユフィにつけたあだ名は『ゴースト』。

洞窟にひっそりと生息しているF級モンスターと同じ扱いをされるのは思うところがあったものの、色味が似ている上に存在感が薄いのも同じとなると何も言い返せない。

そもそも言葉を交わせるほど仲の良い相手がいないため、反論は物理的に不可能だった。

身体が小さいのもあってか自己主張が少なく、いつも猫背で視線は地面に向いている。加えて人と話すのも苦手で、単独行動を好んだユフィは気づくと周りからこう言われるようになる。

『ユフィちゃん、いつも一人だね』

（……お母さんごめんなさい。友達、出来ませんでした）

二人組は友達とじゃなくシスターと組み、遠足のお弁当もシスターと食べ、教室の隅っこでいつも一人でぽつんと座っている生徒。

それが、ユフィ・アビシャスという少女だった。

そんなユフィに転機が訪れたのは六歳の時。

その日は教会がお休みで、ユフィはやることもなく家でぼんやりとしていた。

「聖女様！　よくぞおいでなさいました！」

「聖女様！　こっち向いてー！」

「聖女様ー！　聖女様ー！」

なにやら外が騒がしい。

不思議に思って窓からひっそり顔を出す。家の前にある広場に、人だかりができていた。

老若男女ごっちゃになった人々の中心にいた女性に、目が吸い寄せられる。

「きれい……」

自然と、呟いていた。水垢で薄汚れた窓越しにも、その女性はとても輝いて見えた。

まるでおっきな宝石みたい、と子供心ながら思った。

すらりとした体躯に、陶磁器のように白く滑らかな肌。

背中まで伸ばした銀色の髪はシルクのように輝いている。

右手にはブルーの宝石を冠した杖。

身に纏った修道服は教会のシスターが着ているものと似ているが、もっと豪華で上等なもの。

まるで天使の羽衣だ。女性の表情は穏やかで、思わず頬が綻んでしまうほど優しいもの。

この世界の悲しみや苦しみ全てを包んでしまいそうな慈悲深さがあった。

「あらあら、聖女様がいらしているなんて」

いつの間にか隣にいたお母さんが、優しげな目つきで外を眺めている。

「せいじょさま?」

「そう。魔法を使えるすごいお方よ」

「マホウ……」

当時の自分は魔法に関する知識が乏しくて、聖女という存在がどういうものか、どんなにすごいお方なのかあまりピンときていなかった。

村に魔法を使える者は一人もおらず、教会でも魔法に関して教えられることがなかったから。

この世界に存在する魔法は希少なもので、王都をはじめとした都会に住む貴族しか使えないと知ったのは、もっと後のことだった。

ふと、聖女様の元に一人の男がやってくる。

聖女様の周りの一人一人の顔の見分けはつきにくいけど、エドおじさんだとすぐわかった。

なぜなら、エドおじさんは片方の腕が無いからだ。奥さんと八百屋を営むエドおじさんはその昔、森の中で魔物に襲われ右腕を失ってしまったらしい。

そんなエドおじさんにはユフィも何回か挨拶をされたことがある。

その度にお母さんの後ろに隠れて事なきを得ていたから、言葉を交わしたことはなかったが。

エドおじさんに、聖女様がおもむろに杖を天に掲げて、何かを唱えた。

その瞬間、エドおじさんの右腕のあたりがきらきらと光って――。

「わあ……」

ユフィは、生まれて初めて魔法というものを目にした。もう二度と触れることも見ることも出来なかったはずの右腕が、何事も無かったかのように現れたのだ。

わっと、人々が沸き上がる。

「奇跡だ!!」

「さすが聖女様……!!」

皆口々に聖女様への賛辞の言葉を叫ぶ中、エドおじさんは何度も何度も自分の手を見つめる。

信じられない、といった表情でもう片方の手で撫で、やがて感極まったように涙を流した。

聖女様の奇跡によって新たに誕生した腕を、エドおじさんはしっかりと奥さんの背中に回す。

奥さんの目元からも涙が溢れ出た。

村の人たちは皆、聖女様に賞賛と敬意の表情を向けている。

自分には枯れた雑草を見るような目を向けてくる同級生の目もきらきらに輝かせていた。

（すご、い……）

ぞくり、と身体が震えた。

エドおじさんが失った腕を一瞬にして修復して見せたその力を、心の奥底から凄いと思った。

同時に（羨ましいな……）とも思った。

その辺の石ころと存在価値の変わらない自分が、たくさんの人に囲まれ、尊敬される聖女様に憧れを抱くのは必然的な流れだった。

（私もマホウを……使いたい！）

気がつくと、ユフィは家を飛び出していた。

「えっ、ちょっと、ユフィ？」

後ろからお母さんの驚いたような声が聞こえたけど、構わず走った。

（早くマホウを……!!）

考えるよりも先に身体が動いてしまっていた。

――この時、ユフィが少しでも魔法について母親に聞いていたら、世界の運命が一人の少女に左右されることはなかっただろうに。

そうしてユフィは村はずれの森に降り立った。

興奮に身を任せて走ったはいいものの、日頃特に運動をしているわけでもないユフィの疲労は、気を緩めたら吐きそうになるほど。なんならちょっと吐いた。

でもユフィは、すぐに調子を取り戻す。

今から魔法を使う。そう思ったら、抑えきれない高揚感が胸を渦巻いていた。

「私も……聖女様みたいなマホウを使えるように……」

ぎゅっと拳を握る。ずっと猫背で地面に向いていた視線が前を向く。

「それから私も、人気者に……」

頭の中でぽわぽわとした世界が思い浮かぶ。

『こんな素敵な魔法を使えるなんて、凄いわユフィ！』

『すごいすごいユフィちゃん！　私にも見せて！』

『きゃー！　こっち向いてユフィ様ー！』

「うへ……うへへ……」

いけない、涎が出てきてしまった。

べちょべちょになった口元を拭って、『魔法を巧みに使って人気者になった私』を妄想した後。

目を閉じ、両手を前に出して、イメージする。

聖女様が使っていた魔法。

あの、キラキラとしていて綺麗で、奇跡としか思えないことを実現して見せた魔法を。

うんと集中して、イメージした。

すると徐々に両掌がじんわりとした温もりに包まれていって――。


――この日、ミリル村の外れの森で原因不明のクレーターが出現した。

◆第一章　期待の新星ユフィの華麗なる学園デビュー！（したかった）◆

拝啓、お母さん、お父さんへ。

早いもので、私が聖女様に憧れたあの日から九年が経つのですね。

あれから色々ありましたが無事、魔法学園に入学する運びとなりました。

身も心もすっかり大人になった私は今、エルバドル王国の王都からほど近い森の中で。

「…………ぐすっ」

泣きそうです。

「うう……地図だとこっちのはずなのに……」

目元に浮かんだ滴を拭って、もう一度地図を広げる。

九年経っても相変わらず小柄な体躯、病的なまでに白い肌。

地図の上で視線を彷徨《さまよ》わせるたびに、腰まで伸びた灰色の髪が揺れる。

背中には身体に見合わぬ大きなリュックサックが背負われていた。

ユフィ・アビシャス、十五歳。ただいま絶賛迷子中。

この日のために何度も地図をおさらいし、入学式もまだの癖に何回も魔法学園へ訪れ道順を確認した。入学式を明日に控えた今日、余裕を持って早朝に家を出たにも拘わらず道中の森で見事に自分の所在を見失った次第だった。

「なんでいつもこうなるのかなー……」

力無い言葉と一緒に項垂《うなだ》れる。自分の無能ぶりがつくづく嫌になった。

「このまま学園に辿り着かなかったら……」

ごくり……。

頭の中にいくつもの影が生えてきて、恐怖の言葉をユフィに突き刺し始める。

『道一つ満足に覚えられぬ奴に聖女になる資格はない！』

『栄えある魔法学園の入学式を欠席とは、不敬に値する！』

『死刑！　死刑！』

入学前に退学！　不敬罪で処刑！　娘の墓標の前で泣き崩れるお母さんとお父さん！

「いやあああああぁぁぁぁぁあああああぁぁぁぁ！！！　それだけは……!!　それだけはあああああぁぁぁぁぁあああぁぁぁぁぁぁ!!」

ごろごろごろごろ！

地面をのたうち回るユフィの頭に、人懐っこそうな声が響き渡った。

『ユフィ、大丈夫？』

ぴたりと、ユフィの動きが止まる。

「シ、シンユー……」

『落ち着いて、大丈夫だから。ほら、深呼吸、深呼吸』

ユフィの唯一の話し相手にして友達の『シンユー』が励ましてくれる。

「すー……はー……」

たくさんの酸素を頭に送り込んでいたら、だんだんと落ち着きを取り戻してきた。

『うんうん！　深呼吸できて偉い！　流石だよ、ユフィ！』

「えへへ……？　そうかな？」

褒められて、頬が緩む。

シンユーの激励のおかげで、ユフィは一瞬にして平静を取り戻すことができた。

シンユーは自分のことを全部肯定してくれる、とても貴重な存在だ。

なお特定の姿形はない。頭の中にいるから。

え？　それは友達って言わない？

アーアーキコエナイ。

とにかくシンユーはユフィの大切な友達で、心の拠《よ》り所《どころ》だ。

これだけは、絶対だった。

「でも……」

そろそろ実体を伴う友達が欲しいと思うお年頃。

「学園に入ったら、人間の友達も作って、それから……」

にへらっと口元を緩ませて、妄想する。

「立派な聖女になって、みんなの人気者になって……うふふふふへへへへへへ……」

『ユフィならきっと出来るよ、頑張って！』

シンユーの後押しもあって、頭の中にキラキラと光り輝く光景が広がっていく。

この国で一番大きくて美しい建造物、王城のバルコニーに自分は立っていた。

柔らかく微笑みを浮かべ、優雅に手を振る姿はまさに聖女そのもの。

身を包んでいるのはもちろん、例の天使の羽衣だ。

『聖女様、聖女様！』

何万人もの人々に注目され慕われている場面を想像し、多幸感に浸っていると。

ガサガサッ！

「ひいっ！」

びくうっ!!

「ごめんなさい調子乗りました私みたいなミノ虫が本当にごめんなさい……！」

突然響いた草が揺れる音に仰天し、反射的に地面へと頭を擦り付ける。

十五年生きる中で身につけた全面降伏のポーズだ。

『にゃー』

思わず頬が綻ぶような鳴き声が、鼓膜を震わせる。

頭を上げると、視界に黒のもふもふ。

「……ねこ、ちゃん？」

野良だろうか、迷ったのだろうか。どちらにせよ、見た者を問答無用で癒しの天国へ誘ってしまう猫ちゃんに無関心でいられるほどユフィの心は強くない。

「よ、よしよーし……」

縫って作ったような笑みを浮かべ、ぎこちない手つきで腕を伸ばすと。

ぷいっ。

「あっ……」

グサリと、ユフィの胸の奥に刺さってはいけない鋭利な刃物がめり込んだ。

「そうよね人間にも好かれない私がお猫様に好かれようだなんて虫が良すぎるわよねわかってたのでもちょっと期待したっていいじゃないこんなにも理不尽な世の中なんだから……」

顔に暗澹とした影を落とし三角座りでブツブツと呪詛《じゅそ》を呟くユフィ。

そんな彼女を見かねたのか、やれやれと言わんばかりに猫ちゃんがユフィの前に腰を下ろした。

「……撫でさせて、くれるの？」

『にゃ』

はよ撫でろと言わんばかりだ。

恐る恐る小さな頭を撫でると、ふわふわで温かい感触が伝わってくる。

ゴロゴロと喉を鳴らして掌に顔を擦り付けるその仕草に、胸がどきんと高鳴った。

「か、かわいい……」

思わず夢中で撫でる。さっきの素っ気ない態度とは大違い。猫ちゃんは気まぐれである。

「私もこんな風に……自由気ままに振る舞えたらな……」

ぽつりと、そんなことを呟いたその時だった。

『グォォオオォォォオオォォオオォォォォオオォォオ！！！！』

「な、なにっ……⁉」

脳を揺らすような咆哮にユフィは思わず耳を押さえた。

どすん、どすんと大きな足音を響かせて、向こうのほうから巨体が姿を現す。

漆黒の体毛に覆われた巨大な狼、ブラック・ウォルフ。危険度をカテゴライズする指標はD。中級クラスの冒険者が五人くらいで取り掛からないと倒せない強さだ。

「ブラック・ウォルフ……？」

『ふしゃー！』

さっきまで甘えていた猫ちゃんが、総毛立ってブラック・ウォルフに威嚇をし始めた。

もしかすると、この猫ちゃんはブラック・ウォルフから逃げてきたのかもしれない。

そうでなくても、今この瞬間、自分自身も標的になったのは事実であった。

『グルル……』

殺意が滲み出す凶悪で鋭い双眸からは、目に映るもの全てを食い千切らんとする強い意志が感じ取れた。鋭い牙が光り、口からは熱気とともに濃い毒のような息を吐き出している。

『グルアアァァァァァアアアアアア‼』

咆哮を上げながらブラック・ウォルフが駆けた。ユフィと、猫ちゃんに向かって。

魔物の行動原理は単純だ。自分よりも弱き生物を食らい、己の血肉とする。

小さな猫とユフィのようなひょろっちい人間なんて絶好の標的だった。

普通の人間がこの状況になったら即座に両手を合わせ、天に向かって嘆くだろう。

ああ、神様、私が何か悪いことでもしましたか？

そんな問いを胸に鋭い牙に引き裂かれ、ブラック・ウォルフの晩ごはんとなるはずだ。

そう、普通の人間であれば。

「雷鎚裂爆《ライトニング・クラッシュ・バースト》」

翳《かざ》した手から放たれた光が、目にも留まらぬ速さでブラック・ウォルフを襲う。

眩《まばゆ》い白、バリバリッと痺れるような感覚、そして、炸裂音。

『クッ？』と短い声のみ漏らし、ブラック・ウォルフは存在ごとこの世界から抹消された。

まさに、一瞬の出来事だった。

「……びっくりしたー」

ブラック・ウォルフを瞬殺した当の本人であるユフィは、間の抜けた声で言う。

小蝿が寄ってきたから反射的に手で払った、くらいのテンションで。

「あっ、いけない、つい……！」

ブラック・ウォルフと一緒に薙ぎ払った何本もの木や、黒焦げになった地面を見てハッとする。

五歳の時、誤って家の花瓶を割ってしまいお母さんにこっぴどく叱られた記憶が蘇った。

「で、でもさっきのは非常事態だったから、仕方がなかったよね、そうだよね……⁉」

誰に対してかわからない自己弁護を口にして、早くこの場を立ち去ろうとすると。

『相変わらず凄い魔法だねえ、ユフィ』

頭の中からじゃない、しっかりと声が鼓膜を捉える。

声の元を辿ると、ユフィの足元にちょこんと座る猫ちゃんに行き着いた。

「シン、ユー？」

『うん、僕だよ』

これは、幻？

さっきまで可愛い鳴き声しか口にしていなかった猫ちゃんが、シンユーの言葉を喋っている。

『そんな驚いたような顔しないでよ。僕は僕だよ』

「こ、心を読まれた⁉　いや、でも……」

そんなにおかしいことでは無いように思った。なぜならシンユーという存在自体、自分の妄想が生み出した架空の存在《イマジナリー・フレンド》だから。

つまりは悲しき一人芝居。側《はた》から見ると独り言の多い不審者そのもの。

（あ、だめ、死にたくなってきた……）

本当に死んでは困るので思考を中断する。

ともかく、猫ちゃんがシンユーの言葉を喋り始めたことに関して深く考えることはやめた。

難しいことを考えるのは昔から苦手なのだ。

（きっと私の豊富な妄想力が、シンユーと猫ちゃんを繋げただけ）

そう納得することにした。

「とりあえず、学校に行かないと」

リュックを背負い直す。さっさとこの森を抜け出さないと、夜に到着する羽目になってしまう。

そう思って先を急ごうとすると、シンユー（猫）がひょいっとユフィの肩に飛び乗った。

それからすりすりと、頰に顔を擦り付けてくる。

どうやらユフィを命の恩人だと思っているようで、離れる気は皆無のようだ。

「置いては……いけないよね」

優しい、というよりも流され精神が板に付いているユフィは、シンユーを連れて行くことにした。

軽くひと撫でするると、くるる、とシンユーは気持ちよさそうに喉を鳴らす。

その愛くるしさに頰を綻ばせて、シンユーを肩に乗せたままユフィは森の中を駆け出した。

◆

エルバドル王国の首都、ガーデリア。その中心部から少し外れた場所に魔法学園は位置している。

「なんとか……着いた……」

学園の校門の前で、ユフィは安堵の息をついた。

空がオレンジ色の面積を広げ始めているが、暗くなるまでまだ余裕がある。

校門の見張り番に新入生である旨を伝える際に、テンパって不審者だと勘違いされかけるというアクシデントはあったものの、無事敷地内に入ることができた。

ずっと肩に乗ったままのシンユーを突っ込まれるんじゃないかとドキドキしていたが、それに関しては何も言われなかった。ペットに寛容な学園なのかもしれない。

「わあ……ここが……」

魔法学園が誇る荘厳な建造物たちをきょろきょろと見渡し、ユフィは嘆息する。

石造りの校舎たちは高い尖塔を持ち、花崗岩の彫刻が壁面を彩っている。

窓は一面のステンドグラスで、陽光が差し込むとあたりに神秘的な色彩が広がっていた。

かといって無機質なものばかりではなく、庭園には様々な樹木が立ち並び、季節の花々が咲き誇っている。どこか時間がゆっくりと流れるかのような静寂さも漂っている。

言うまでもなく、ミリル村の教会とは比べ物にならないくらい巨大な教育機関であった。

「こんにちは」

びくうっ!!

突如後ろからかけられた声に驚いて、ユフィはリュックを地面に置きその後ろに隠れた。

「え、なになに？　どういう反応？」

「あ！　ご、ごめんなさいっ、つい癖で……」

リュックの陰からひょこっと顔を出して、声をかけた人物の姿を確認する。

——えらい美丈夫がそこにいた。

海を思わせるブルーの双眸、スッと通った鼻筋、触ると柔らかそうな金髪は陽光に反射して輝いている。神がこの世に最初の男性を作るとしたら、多分このような人なんだろうなと思うほどの、人間離れした顔立ちだった。

背は高くスラッとしているが決してガリガリではなく、服の膨らみから程よく引き締まっていることが窺える。学園の制服を着ているが、どこかの王族の正装のようにも見えた。

(あああああ圧倒的！！！　光の人間!!)

しゅばっ！

「あ、また隠れた」

「ごめんなさい……闇の人間が目にしていいものでは無いので……」

「あはは、何それ」

くすくすと、青年が口に手を当てて笑う。

「君、面白いね」

「面白い……?」

またひょっこり顔を出すユフィ。

「面白いですか、私⁉」

「とても嬉しそうだね」

「あ、ごめんなさい……私なんかが調子乗りました嫌いにならないでください……」

「嫌いになるも何も、君とは初対面なんだけど」

青年はずっと笑顔だ。

「僕はライル。君は？」

「えっと、ユ、ユ……ユ……ユユフィです」

「ユユユユフィちゃんね。変わった名前だね」

「ああああ違います、ユを四つ消して下さい……」

「ユフィちゃんか、良い名前だね。新入生？」

「あっ、はい、そうです」

「僕もなんだ。これからどうぞよろしくね」

ライルが手を差し出してくる。

（こ、これは……噂に聞く、親愛の握手……⁉）

頭の中でばちんと音が鳴り、高揚感が胸を高鳴らせる。

しかし同時に、ネガティブな思考が夕立を運ぶ雲のようにどんよりと広がった。

（こんな綺麗な手を……私なんかが触っていいのかな……）

「えっと、ユフィ？　どうかした？」

「あああごめんなさいついい！」

我に返ったユフィは、意を決する。ここで親愛の握手を拒否するのは失礼だ。

小指サイズほどしか無い勇気を振り絞って、ユフィはおずおずとライルの手を取った。

「よ、よろしくお願いします……」

死ぬ寸前の虫みたいなか細い声。

「うん、よろしく」

ライルの爽やかな笑顔を見て、ユフィは少しだけ胸を撫で下ろした。

いつまでも隠れていては失礼なので、ユフィはリュックを背負い直す。

「あ……えっと……」

(何を話せばいいんだろう？)

改まると、どんな話題を振れば良いのか皆目見当もつかないユフィ。

ここ数年、家族としかほぼ話してないユフィのコミュニケーションスキルは塵に近かった。

(あっ……そうだ！)

こんなこともあろうかと、準備していたユフィはリュックを開く。

細長くて焦茶色をした物体をいそいそと取り出し、ライルに献上した。

「あの、どうぞ……」

「これは……ゴボウ？」

こくこくとユフィは頷く。

綺麗に洗って乾かしておいたそれは、ミリル村名物のゴボウであった。

(友好の印には手土産が効果的……!!)

という思惑のもと、家から大量に持ってきた秘密兵器である。

ちなみにユフィのパンパンに膨らんだリュックのほとんどはゴボウが占めていたりする。

ライルは目を丸くしていたが、やがてにこりと笑って言った。

「ありがとう、ありがたく食べさせてもらうよ」

会話終了。

(ううう〜〜何話したらいいの……⁉)

そんなユフィの胸中を察したのか、ライルの方から口を開いてくれる。

「その子、使い魔？」

どうやら、ユフィの肩の上で毛繕いするシンユーに興味を持ったようだ。

「いえ、シンユーです」

「へえ、親友なんだ。仲いいんだね」

「あ……いえ、この猫ちゃんはさっき、ブラック・ウォルフに襲われていたので助けました、はい」

「ブラック・ウォルフだって⁉」

「へあっ？」

突然声を大きくしたライルにユフィは間の抜けた声を漏らしてしまう。

「どこで、いつ⁉」

「さ、さっき、この学園に来るまでの森の中で……」

「ファンネルの森か！　確かにあそこはブラック・ウォルフが出現してもおかしくないな……怪我はない？　大丈夫？」

「あっ、はい！　無事倒せたので、全然大丈夫です！」

ユフィが言うと、ライルはピクリと眉を動かす。

「倒せた……というと、護衛を連れていたの？」

「いいえ……？」

「剣術の心得は？」

「包丁も使えません……」

「じゃあユフィ、もしかして女装男子？」

「なななんでそうなるんですか⁉」

くはっと、ライルは笑った。

「だって、一人でブラック・ウォルフを倒したなんて、攻撃魔法を使ったとしか考えられないじゃん」

「そ、それは……」

「うそうそ！　冗談冗談！」

ライルがあっけらかんと言う。

「ユフィが冗談を言うから、僕も冗談で返したんだ。場を和やかにしようとしてくれたんだろう？」

「えっと、あの……？」

一人で勝手に状況を解釈したっぽいライルにユフィは付いていけていない。

「ユフィ一人でブラック・ウォルフを倒したなんてありえないよね。だって……」

一呼吸置いて、ライルは言った。

「攻撃魔法は、男しか使えないんだから」


ぎゅいんっ。

「なんでいきなり目を逸らした？」

「……イイエ、ナンデモアリマセン」

なんとかカタコトで言葉を返すことができた。

動揺がライルに伝わらないよう取り繕うのに必死だった。

「まあいいか。さて……」

改めてユフィの方を見て、ライルは言う。

「長く引き止めて悪かったね、ユフィ。面白い時間をありがとう」

「い、いえ、そんな、とんでもないでひゅ……」

噛んだ、死にたい。

「僕はまだやることがあるから、これで」

「あ、はいっ、ありがとうございました！」

ふかぶかーと腰骨が逝きそうなくらい深いお辞儀をするユフィ。

「そんな畏まらなくて良いよ、同級生なんだし」

ふふっと笑って、「それじゃ」とライルは歩き始める。

ユフィはしばらくの間、ぽーっとライルの背中を眺めていた。

「不思議な人だったな……」

そしてふと、思った。

「ライルさんみたいな人がお友達なら、楽しいだろうなあ……って、いけない、いけない」

ぶんぶんと頭を振って、都合の良い考えを頭から追い払う。

(ライルさんはきっと、自分とは住んでいる世界の違う人間……友達になってくれるわけ、ないよね)

自嘲気味に息を吐くと、シンユーが不思議そうな顔で尋ねてくる。

『どうしたのー、ユフィ?』

「ううん、なんでもないよ」

シンユーをひと撫でした後、ユフィは歩き出した。


ライルと別れてしばらくして。

「ここ、どこ……?」

ユフィはまた目尻に涙を浮かべていた。

とりあえず寮へ向かっているはずが、見事に迷子ちゃんになってしまったのだ。

この学園、広い。とにかく広い。住んでいた村ごとすっぽり入ってしまうんじゃないかと思うくらいの広大さだ。自分の住んでいた村の中ですらたまに迷子になる方向音痴っぷりのユフィが、初めて訪れた学園の敷地内をスムーズに移動するのは至難の業であった。

「こうなったら……」

人に尋ねるしかない。幸か不幸か、学園内にはちらほらと人が歩いている。

声をかけて、寮の場所を教えてもらうのだ。そしたら万事解決である。しかし。

「無理無理無理！　絶対に無理！」

自分から人に話しかける——それはユフィにとって、赤子がブラック・ウォルフに挑むほど難易度の高い所業だ。想像するだけで胃袋が裏返りそうになる。なんとしてでも避けたかった。

でもこのままだと、寮に辿り着けないまま一生を終えてしまう。

聖女になる前に白骨死体になってしまうのは一族の恥どころの騒ぎではない。

「ううう……どうすれば……」

「何か、お困りごと？」

しゃらん、と鈴が鳴るような声。ただただ美しいその声に導かれるように振り向く。

「わあ……」

——とんでもない美人がそこにいた。

ぱっちりと大きくて澄んだ瞳、主張は控えめながらも綺麗に通った鼻筋、全てのパーツが完璧な配置だ。すらりとした体躯に、陶磁器のように白く滑らかな肌、背中まで伸ばした銀色の髪は絹糸のよう。学園の制服を優雅に身に纏い、清楚さや流麗といった圧倒的な品を以て立っていた。

美しい、という言葉はこの人のためにあるのだと思わせるような女性だった。

そして何よりも目を引いたのは、穏やかで、この世界の悲しみや苦しみ全てを包んでしまいそうな慈悲深い表情。ふとユフィは、遠い昔に見た女性のことを思い出す。

九年前、村にやってきた聖女様と、どことなく雰囲気が似ている気がして……。

「……どうして隠れているの？」

「ごめんなさい、あまりにも眩しくて……」

ライルと同じく女性が放つ圧倒的な光のオーラに耐えきれなくなって、リュックの裏に身を隠したユフィ。

「そう？　太陽はもう沈みかけている時間だと思うけど」

女性は女性で不思議そうな顔で言う。言葉の意味をそのまま受け取ったようだ。

ずっと隠れているわけにもいかないので、ユフィはリュックの陰から顔を出す。

『にゃんっ』

同時に、ユフィの胸もとからシンユーがひょっこり顔を出した。

「あっ、こら、シンユー！」

「まあ！」

先程まで静かな佇まいだった女性が目を輝かせる。

「まあああ、なんて可愛らしいの！　あなたの使い魔ちゃん？」

「あっ、いえ、えっと……使い魔ではない、です、はい」

びゅんっと目の前にきてシンユーを撫ではじめた女性に、ユフィは言葉を詰まらせながら答える。

「ということは、お友達ね。とても良いと思うわ。名前はなんて言うの？」

「シンユーです」

「……？　そうなのね、親友さんなのね。それで、名前は？」

「シン、ユー、です……」

「……ああ、ああ！　そういうことね！　なかなかユニークな名前だから、勘違いしちゃった。きっと、人間の親友と同じくらい絆を深めたい……そんな思いが込められているのね」

「あ、あはは……ソウ、カモデスネ」

（私の唯一《イマジナリー》の親友《フレンド》だからシンユー、とは言えない……）

ユフィは全力で目を逸らした。

「付き合いは長いの？」

「い、いえ、さっき会ったばかりと言いますか」

「まあ、すごい！　すぐにお友達になったのね、羨ましいわ。私も家からブラックホールセラフィムとデーモンオーバーロードゴッドフェニックスを連れてくればよかった」

「ブ、ブラ……？」

（邪神でも飼っているのかな……？）

この時点でユフィは、女性に対し（ちょっと変わった人かも……？）という印象を抱きはじめた。

「あの……学園に動物を連れてくるのは、普通なんですか？」

「貴族の中には、魔法を使う上で必要な使い魔とか、自分のペットとして犬や猫を連れてくる人も少なくないわ。寮で動物を飼うことは自己責任の範囲で許可されているはずよ」

「な、なるほど……」

だから門番には特に突っ込まれなかったのかと、ユフィは今更な納得感を得る。

(はっ、この流れに乗じて！)

意を決して、ユフィは声をあげる。

「じ、実は！　その寮に行きたいんですが、道に迷ってしまって……」

「あらあら、そうだったのね。えっと、寮までは……」

女性は嫌な顔ひとつせず、寮までの道筋を懇切丁寧に教示してくれた。

困った人を助けるのは息をするのと同じと言わんばかりに。

「あ、ありがとうございます！　本当に助かりました！」

ユフィは何度も何度もお辞儀をして礼を口にした。

「どういたしまして。そんな大仰にしなくても、大したことはしていないわ」

ユフィの、命の恩人に対してばかりの謝辞に女性は微かに気圧《けお》されている様子。

しかし、女性はにこりと裏表のない完璧な笑みを浮かべた。

その時だった。

「エリーナ様ー！」

「ここにいましたか！　ずいぶん探しましたよー！」

向こうのほうから何人か女子生徒が駆けてきた。

それを見て、女性は「あらあら」と少し残念そうに眉尻を下げる。

「見つかっちゃったか。束の間の一人の時間だったわね……って、あら？」

いつの間にか、ユフィが忽然《こつぜん》と消えていた。

あたりを見回すと、大きなリュックを背負った後ろ姿が、寮の方向へ全力で遠ざかっている。

「何か急用を思い出したのかな」

欠片《かけら》も不快に思ってない声色で女性は言う。続けて、ぽつりと呟いた。

「そういえば、名前を聞くのを忘れてたわね」

◆

魔法学園の学生寮の一室にて。夕食（家から持って来たゴボウ）を摂りつつ、荷解きを終えたユフィは額の汗を拭って一息つく。

「やっと、終わった……」

ユフィに充てがわれた部屋はベッドや机、クローゼットに鏡台など、一人暮らしに必要な家具が一通り揃っていた。入学者は高名な貴族も多いというのもあってかなかなかの作りになっていて、一人で使うには十分な広さを誇っている。そのうえ寮の一階には食材や日用品などを扱った大きな購買も構えられていて、生活には全く困らなそうだ。ペットを連れてくる貴族も多いのもあってか、猫用の餌も販売していたので、シンユーの餌には困らなそうだった。

遠い田舎のボロ家出身のユフィからすると、豪邸に来たような感覚である。

「疲れたよう、シンユー」

ばふっとベッドにダイブすると、すやすやと枕元で寝ていたシンユーが『うにゃ……？』と目を開ける。しかしやがて『くあぁ……』と欠伸をした後、また目を閉じて寝息を立て始めた。

さっき餌をあげたから、おねむの時間のようだ。

イマジナリーフレンドのシンユーは、ユフィが困った時やバグった時に現れる。いわばユフィの精神安定を担う存在だ。なので平常時のシンユーは、ただの猫ちゃんなのだろう。

「のんびりしてるなあ」

シンユーをひと撫でして、ユフィは少しだけ口元を緩ませた。

ごろん、と天井を見上げて、ぽつりと呟く。

「名前、聞きそびれちゃったな……」

寮までの道を教えてくれた、あの美しい人を思い出す。

とても親切で、穏やかな人だった。まさしく聖女みたいな。

だからこそ、自分の取った行動を思い出して自己嫌悪に苛まれる。

「うう……申し訳ないことをしちゃった……」

あの女性の友人と思しき女生徒が何人か視界に入った途端、つい逃げ出してしまった。

ただでさえ他人とのコミュニケーションが最底辺なのに、人が増えたら一大事だと条件反射での行動だった。

「次会ったら、謝らないと……」

あと、お近づきのしるし《ゴボウ》を渡さないと。同級生かもわからないし、自分から話しかけるのは無理だろうから実現するかはわからないけど、そう心に決めるユフィであった。

「よいしょ……」

特にやることもないので、ユフィはベッドから降りた。窓を開け、バルコニーに足を踏み入れる。

寮は校舎が密集している区画を見下ろす小高い丘の上にあって、学園を一望できるロケーションにあった。

「これから私は、ここで暮らすんだ……」

手すりに体重を預け、ずらりと立ち並ぶ学園の建物たちを見下ろしながら妙な感慨を抱くユフィ。

魔法学園は原則として全寮制の学校だ。一部、高位の貴族などは王都の屋敷に暮らしているため免除されている特例があるが、ド田舎からはるばるやってきたユフィはもちろん問答無用で寮暮らしである。正直なところ、ちょっぴり寂しさはある。

だけどそれ以上に、ワクワクが大きかった。村の教会が学校代わりだったとはいえ、教室も粗末だし、人は少ないし、教えられることも面白みがあるものでは無かった。それ故に、この魔法学園で過ごす新しい日々への期待は膨らむばかりであった。

「うへ……うへへ……」

膨らみすぎて気色の悪い笑い声が漏れてしまった、いけない。

頬をむにむに動かして表情を戻す。

「楽しみだなあ、夢の学園ライ……」

フラッシュバックする、教会での思い出《トラウマ》。

二人組で組む友達がいなくてシスターと組んだ。

遠足で一緒にお弁当を食べる友達がいなくてシスターと一緒に食べた。

お遊戯会の劇で存在を忘れられ何の役も与えられず、なぜか観客席で皆のお遊戯を見るハメになった。（親への言い訳が地獄だった）

そして、脳内に響き渡る声。


『ユフィちゃん、いつも一人だね』


「ぐぬああああああああうぁぁぁあうぁあうぁあうぁ忘れろ忘れろ忘れろ!!」

ガンッ！　ガンッ！　ガンッ！

全ての思考を夜闇の彼方に吹き飛ばすべく、ユフィは手すりに頭を打ち付けた！

『にゃにゃっ？』

ユフィの突然の奇行にびっくりしたシンユーが飛び起きる。

「消えてなくなれ私の黒歴史！」

悪夢退散の舞を踊り、頭の中から忌々しき記憶を追い出す。

身体のどこかからゴキッと鳴ってはいけない音が響いた気がするが構わず舞い狂った。

しかしコミュ力と同じくらい体力のないユフィの活動限界はすぐに訪れる。

「はー……はー……」

息絶え絶えとなったユフィはボディーブローを食らったみたく身体を丸めていたが、しばらくしてよろよろと起き上がる。

「し、仕方がないよね……今までは環境が悪かっただけ……」

無理やり上向きな言葉を口にして気分を上げ、先ほどまでのネガティブ思考を払拭する。

額の汗を拭い、無理くり笑みを浮かべた。表情筋が筋肉痛を起こしている模様。

気を取り直して手すりのところに戻り、言葉を夜風に乗せる。

「これから私の新生活が始まるんだ。友達、百人出来るかな……」

…………。

「ううん、百人は贅沢ね……十人、いえ十人もちょっと……」

………………。

「目標！　友達、一人！」

身の丈にあった目標設定が出来てスッキリしたユフィは、今日はもう寝ることにした。

移動と、たくさんの人（二人）と喋ったのと、先ほどの舞でユフィの体力ゲージはゼロに近い。

寝支度をした後さっさとベッドに潜り込んだ。

「おやすみ、シンユー」

『うにゃ……』

学園生活への期待と夢を胸に、目を閉じる。この時間に就寝したら、早朝には目覚めるだろう。

そしたら読書とか、お散歩とか、瞑想して時間を過ごそう。朝活的な？

（なんたって私は、明日から栄えある魔法学園の生徒……）

憧れの聖女への第一歩をようやく踏み出せたのだ。意識は高ければ高いほどいい。

目を閉じていると、明るい光景が次々に浮かんでくる。回復魔法の使い手として、稀代の聖女として活躍する自分を妄想していると自然と口元がにやけてきた。

「えへ、えへへ……私は天才聖女ユフィ……」

そんなことを言いながら、ユフィの一日は終わった。

◆

「貴様！　魔法学園を舐めているのか！」

「ごめんなさいごめんなさいごめんなさい!!」

魔法学園の一年生の教室にて、ユフィは一人の男子生徒にバチクソ怒られていた。

「入学式の日に早々に遅刻とは！　栄えある魔法学園生としての自覚も矜持も無いのか！」

「ううぅぅ……返す言葉もございません……」

ユフィを叱るのは、黒髪に眼鏡をかけたいかにも真面目そうな男子生徒。

もう見た目から正義感が強くて秩序を遵守する委員長タイプなのがビンビンに伝わってくる。

授業中に居眠りしたのが見つかっただけで叱責を飛ばしてきそうだ。

皆の前でこっぴどく叱られ、ユフィは小さくなって謝罪の言葉を口にする他なかった。昨晩、早い時間にベッドに潜り込んだのは良かったが、妄想が捗りすぎてしまったのがまずかった。

興奮して朝まで寝られず、やっと寝付いたと思って次に目を覚ました時には手遅れだった。

ユフィの人生史上最大速度で朝の身支度をするもむなしく、入学式前に教室で行われるオリエンテーションに見事に遅刻をしでかしたのであった。

読書？　お散歩？　知らない子ですね。（白目）

「あの子、ヤバくない……？」

「平民の子は秩序も守れないのね……」

（ああ……クラスメイトからの視線が痛い……）

ヒソヒソと陰口、クスクスと嘲笑。

この空気感になった時はもうアカンということを、ユフィはこれまでの経験則から学んでいる。

見たところ、クラスメイトたちは貴族学校出身者が多く、もうある程度グループが出来上がっていた。

平民出身の上、初日から悪目立ちしたユフィと仲良くしようと思う生徒はいないだろう……と思ったが、救いの女神と目が合った。

昨日、寮までの道順を教えてくれた女性が、ユフィに笑顔で手を振ってくれていた。

(同じクラスだったんだ……)

優しい人が一緒のクラスというだけで、随分と心が軽くなる。

(後で名前聞かなきゃ……)

「聞いているのか、貴様!」

「ひゃ、ひゃい!」

ピンッと背筋が伸びたその時、「まあまあエドワードくん、その辺で……」と、男子生徒とは違って温厚そうな初老の教師が助け舟を出してくれた。

「……先生がそう仰るのなら、もう良いでしょう」

上下関係には従順なのか、男子生徒があっさり引いて説教が終わり、ユフィは席に着くことを許された。ただっ広い教室の、中段から少し上くらいの席に着いてホッと一安心していると。

「初日から大変だったね」

隣席に座っていた男子生徒に声をかけられてギョッとする。

「ライルさん……!?」

「やあ、ユフィ。昨日ぶり」

海を思わせるブルーの双眸、スッと通った鼻筋、触ると柔らかそうな金髪。

相変わらず、ライルは完璧なくらい光のオーラを放っていた。

「ゴボウ、ありがとう。とても美味しく頂いたよ……って、どうしたの、唐突に両目を押さえて」

「気にしないでください、私の光耐性が無いだけなので」

少なくとも、授業中に居眠りする心配は無いだろう。

「ふうん……？　それはそうと、エドワードがごめんね。あいつ、規律に対して融通が利かないところがあってさ」

「い、いえ、とんでもないです。遅刻した私が悪いので……お友達、ですか？」

「うん、エドワードとは幼馴染なんだ。もう十年以上の付き合いになる」

「幼馴染っ……」

ユフィの目がカッと見開く。

幼馴染……それは、神に見初められた者にのみ与えられる親愛の女神。

これまで友達が一人も作れなかったユフィにとっては、天上人に等しい存在であった。

「ユフィ、大丈夫？　なんか昇天しそうになってるけど」

「はっ、ごめんなさい、尊さに卒倒しそうになってました」

「なにそれ」

ライルが口に手を当ててクスクスと笑う。

「やっぱり面白いね、ユフィって」

面白いことを言った自覚はないが、悪い感情を抱かれている訳ではなさそうだ。

そのことにユフィが胸を撫で下ろしていると。

「見て見てライル様よっ」

「ああ……もう、本当に見目麗しいわ……目が溶けてしまいそう……」

「あの容貌で入学試験は満点で合格……もう、完璧ね」

女子たちのヒソヒソ話を耳にして、ユフィはふとライルに尋ねる。

「あの……ライルさんって、もしかして有名人だったりしますか？」

「んー、どうだろ。一応、この国の第三王子だから、そこそこ名は知られているかもね」

「だ、第三王子っ……⁉」

（そこそこどころの話じゃない！）

「どうしたの？　突然土下座なんかして」

「私みたいなミジンコゴミムシが気軽に話してしまってごめんなさいライル様……」

「そんなに自分を卑下《ひげ》しなくても」

苦笑を浮かべるライル。

ユフィが顔を上げると、泣いている子供を安心させるような笑顔でライルは言った。

「畏まられるのは好きじゃないからさ、ラフに接してよ」

（ライルさん、良い人……）

「わ、わかった。ありがとう、ライルさ……」

「おい貴様」

びくうっ‼

後ろからドスの利いた声がして心臓が肋骨を突き破りそうになる。

振り向くと、先ほどユフィを叱責した生徒……エドワードが、鬼の形相で腕を組んでいた。

「もしやとは思うが……第三王子たるライル様を、一介の平民でしかない貴様が『さん』付けで呼ぼうとした、などと言うまいな？」

「メ、メッソウモゴザイマセン……」

引き攣った笑顔に汗をだばーっと流すユフィは、再びライルに頭を下げた。

「改めて、このミジンコゴミムシを何卒よろしくお願い申し上げます、ライル様」

「う、うん、よろしく。なんか、ごめんね？」

相変わらず柔らかな笑みを浮かべてライルは言う。

しかしその表情は、ちょっぴり寂しそうだった。

――この時、周りの空気を読む能力が欠如しているユフィは、気づいていなかった。

「何よあいつ……」

「ライル様とあんな親しく……」

ユフィがライルと話している様子を、妬ましげに睨みつける女子生徒たちがいることに。


新入生と在校生が一堂に会する入学式。

今宵、魔法学園の中央ホールは荘厳な空気が漂っていた。

「では次に、新入生代表挨拶です。男子学年主席、ライル・エルバードくん、前へ」

「はい」

司会の呼びかけで、最前列に座っていたライルが立ち上がり、壇上へと向かう。

ライルがホール全体を見回した途端、一区切りついてどこか緩んでいた空気が線を張ったように引き締まった。それは、ライルが第三王子という立場故のものだけでなく、彼自身が持つカリスマ性も影響しているようにも思える。

「ご紹介に与りました、ライル・エルバードです。新入生代表として、今日この場に立つことを心より光栄に思います。今日、僕たちは栄えある魔法学園の門をくぐり、新たな人生の旅を……」

一言も噛むことなく、スラスラと言葉を紡ぐライルに、新入生の席に座るユフィは舌を巻く。

(凄いなあ、ライル様……第三王子で、学年主席でもあるんだ……)

なんだか一気に遠い存在になったような気がして、ちょっぴり寂しい。

その時、近くに座っていた男子がヒソヒソと声を立てる。

「やっぱ男子の学年主席はライル様かー」

「学年主席、ってことは……今年の新入生の中で攻撃魔法の最強の使い手ってことだろ？」

「ひゅー、憧れるぜ……俺も練習して、一流の攻撃魔法の使い手にならねえとな」

その言葉を聞いて、ユフィはひやりと背中に冷たいものが走るのを感じた。

——この世界において、攻撃魔法が使えるのは男だけ。

少なくとも、エルバドル王国の歴史において、女の性で攻撃魔法を使えた者はいない。

重要なことなので繰り返す。攻撃魔法が使えるのは男だけで、女は使えない。

それは、エルバドル王国だけではなく、この世界全体の共通認識でもあった。故に、この学園に主席で入学するライルは、ユフィの学年で最も優れた攻撃魔法使いということになる。

「僕は攻撃魔法の使い手として学び、成長することを選びました。なぜなら、この力は男である僕たちだけしか使えない、天からの賜物《たまもの》だからです。僕が授かったこの力は、国の民を他国の攻撃や魔物といった、あらゆる敵から護る必要な力だと信じており……」

他でもない、攻撃魔法の試験をトップで合格したライルの言葉が、攻撃魔法が男性特有の能力であることを如実に物語っていた。

「僕たちはこの学園で学び、成長し、強くなります。そしてこの力を使って、国のため、人々のために尽力することを誓います。魔法師としての誇りを持ち、誠実さと責任感を持って行動し、一人ひとりが重要な役割を果たすことで、僕たちは全ての困難を乗り越えることが出来るのです」

ライルの熱のこもった答辞はやがて、締めくくりへと入っていく。

「皆さん、新たな旅の始まりを祝い、前進しましょう！　僕たちの国が、僕たちの未来が、輝かしいものになることを祈って！」

わあああああっ‼

ライルが言葉を終えると同時に、会場が歓声と拍手に包まれる。

皆、ライルの答辞に胸を打たれ、立ち上がり、惜しみない拍手を送っていた。

そんな中でユフィは。

（あ、圧が凄いっ……卒倒しそう……）

大勢の人々の熱量に当てられ茹であがりそうになっていた。

熱湯の中に蛸を入れたらおそらく、今のユフィの顔色になるだろう。

ライルが席に戻ったことで、ようやく会場は静けさを取り戻す。

「続きまして、女子学年主席、エリーナ・セレスティアさん、前へ」

「はい」

ライルと入れ代わりで、一人の女性が壇上へと向かう。

その女性を目にした途端、ユフィの目が限界まで見開かれた。

「うそ……」

思わず、呟く。肩まで伸ばした銀髪を靡かせる女性はまさしく、昨日、寮までの道順を優しく教えてくれたその人だったからだ。

「ご紹介に与りましたエリーナ・セレスティアです。女子代表としてこの場に立てたことを、心より嬉しく思います……といっても、私のお話はそこまで堅苦しいものではないので、皆さん楽にしていてくださいね」

女性——エリーナはそう前置きして、柔らかな微笑みを浮かべる。

その途端、ホール内の空気が緩やかなものになるのをユフィは肌身で感じた。

皆の緊張がほぐれるのを待ってから、エリーナが言葉を紡ぎ始める。

「私が回復魔法を志した理由……それは幼いころ、病気がちな祖母を見て育ったからです。あの時、何もできずにただ見守るしかなかった私は、どんなに力が欲しいと思ったことでしょう。この経験が、私が回復魔法を学びたいと決心するきっかけとなり……」

美しい旋律のように紡がれる言葉たちに、生徒たちはうっとりとした表情で聞き入っている。

今度は、ユフィの近くに座っていた女子が声を立てた。

「ああ、エリーナ様、今日も神々しい……」

「私もエリーナ様みたいに、立派な回復魔法師になりたいわ……」

その言葉は、ユフィの胸を高鳴らせるものであった。

——この世界において、回復魔法が使えるのは女だけ。

男の性で回復魔法を使えた者も、エルバドル王国の歴史において存在していない。

これも重要なことなので繰り返す。回復魔法が使えるのは女だけで、男は使えないのだ。

女子の学年主席として入学したエリーナもすなわち、今年の魔法学園に入学した生徒の中で最も優秀な回復魔法の使い手ということになる。

「回復魔法は女である私たちにのみ与えられた、人々を癒し、支えるための力です。回復魔法は病を治し、傷を癒し、人々の生活をより豊かで快適なものにすることができます」

エリーナ自身も、回復魔法が女性特有の力であることを言葉にしていた。

「しかし、力を持つということは、それを正しく使う責任もまた持つということです。私たちが学ぶ回復魔法は侮れない力であり、悪用されれば大きな悲劇をもたらします。それは、皆さんご存知の『セラフィンの悲劇』からも読み取れます。だからこそ、私たちは自分の力を制御し、それを正しく使うための知識と技術を学ぶべきなのです」

（せらふぃんの悲劇……ってなんだっけ？）

ユフィが首を傾げる中、優しげな声色の中にどこか熱い信念を含んだ、エリーナの答辞は続く。

「でも、心配しないでください。私たちは一緒に学び、一緒に成長し、一緒に強くなる仲間です。私たちが一緒なら、どんな困難もきっと乗り越えることができます。何があっても、お互いを支え、助け合うことを忘れないでください」

一拍置いて、エリーナはホール全体を見回し、締めの言葉を空気に乗せる。

「最後にたくさんの感謝の気持ちを込めて、この挨拶を結びたいと思います。これから始まる学園生活が皆さんにとって実り多いものとなることを心から願って。それでは、新たな旅路に皆さんと一緒に進むことを楽しみにしています」

ぱちぱちぱちぱちぱち!!

優雅な所作で頭を下げるエリーナに、弾けんばかりの拍手が贈られる。先程のライルの答辞とは違う種類の感動が、ホールを包み込んでいた。ユフィも控えめに手を打っていた。

エリーナの言葉が、胸の奥にじんっと染み渡っていた。

「エリーナ様も、凄い人だったんだ……」

「当然だ。エリーナはこの国の次期聖女だからな」

ユフィの呟きに、隣に座るエドワードの棘のある声が襲来する。

「じ、次期聖女……⁉」

ユフィの目が限界まで見開かれた。今まで田舎暮らしということもあり、この国の魔法事情に疎いユフィでも、聖女に関する知識は多少ある。幼い頃、ユフィの村に訪れた人物であり、ユフィが回復魔法を志したきっかけそのものであったから。

聖女——それは、エルバドル王国の守護者であり、国民の心の象徴とされている。

祈りと癒しの力を使ってどんな難病や大怪我も治してみせ、国教であるバレンシア教の象徴としても君臨し、またその深い知恵と洞察力で国王の助言者としての役割も担っている。

各時代に一人しかいないその存在は特別で、聖女が持つ重要な役割と大きな責任を示していた。

以上を踏まえると、次期聖女という立場がどれほど凄いものか言うまでもないだろう。

どうやらライルに負けず劣らず、エリーナもとんでもない地位のお方だったのだと、ユフィは血の気が引く思いであった。

「ち、ちなみになのですが、エドワードさんは……」

「父上は宰相だ」

「さい、しょう……?」

「貴様は何も知らないんだな」

「ご、ごめんなさいっ……」

ペコペコと頭を下げるユフィにため息をついて、エドワードが説明する。

「宰相は、国王の政務を補佐する立場の者だ」

「と、とんでもないエリート！」

「所詮は父の立場だ。俺は何も凄くない」

「それでも、凄いです……というか、私たちのクラス、凄い人だらけじゃ」

「他に家柄の高い者だと、軍務大臣の令息ジャックもいる」

「ぐ、ぐんむだいじん……」

流石に字面から意味は汲み取れたユフィであった。

「奇しくも腐れ縁同士が集まったといった様相だな。纏めた方が何かと都合が良いという、学園側の配慮もあったのだろう」

「な、なるほど……？」

その辺りの事情に疎いユフィにはよくわからないが、これからとんでもない人材と肩を並べて学ぶことは紛れもない事実。自覚すると、胸にひやりと冷たいものが走った。

（ライル様も、エリーナ様も、私とは別世界の人間……）

自分なんかが、一緒の空気を吸っていいのだろうかと強い負い目を感じる。

先程のエリーナの答辞を思い出す。誰もが見惚れる美貌に柔らかな笑みを浮かべ、堂々と言葉を並べる彼女の姿は、まさに聖女そのもの。

ホール中の人間が、エリーナに対する厚い信頼と期待を抱いているのは間違いなかった。

対して、自分は？

考えたくもなかった。

（私も回復魔法をたくさん勉強して、練習して、あんな風に……でも……）

まだエリーナに対する拍手が鳴り止まない中。

「本当に、なれるのかな……」

どこか弱々しいユフィの呟きは、喧騒にかき消されて誰の耳にも届くことはなかった。

◆

入学式が執り行われたホールからほど近い、学園の中庭。そこは、無機質な煉瓦造りの校舎群とは対照的な、四季折々の美しさを見せる豊かな自然に囲まれた場所。

広々とした空間には古木が立ち並び、暖かな春風がそよぎ、枝葉が静かに音を立てている。

真ん中には小さな噴水があり、水面が日光を受けてキラキラと輝いていた。

そんな、穏やかで心落ち着く場所で。

「うっぷ……」

ユフィがゲロりそうになっていた。

田舎育ちのユフィは、入学式の人口密度に耐えきれず人酔いを発症してしまったのだ。

自分の吐瀉物でこんな素敵な場所を汚してはいけないと、ユフィは必死に喉奥から迫り来る熱い魔物を押し込める。しかしなかなか魔物を倒すことが出来ない。

ブラック・ウォルフが可愛く思えてきた。かくなる上はとユフィはよろよろ立ち上がり、草木が生い茂っている場所に自分の身をすっぽりと収めた。

「ああ、緑……草の匂い、落ち着く……」

完全に不審者である。しかしこの行動が功を奏してか、魔物は胃に帰っていった。

なんとか吐瀉物の噴水の誕生は免れたと、ユフィが一息ついていると。

「おや？」

突如かけられた自分以外の声に、心臓が胸を突き破って空の星になりそうになった。

反射的に振り向く――これまたどえらい美青年と目があった。

色白の肌、湖面に映った空の如く明るい水色の髪。

長めに切り揃えた前髪から覗く瞳の色は深い森を思わせる緑色。

口元は横一文字に結ばれていて、表情の変化が乏しいように見える。

細身でありながらも均整の取れた身体つきは、彼の儚げな雰囲気を一層引き立てていた。青年は学園の制服を着ているが、その着こなし方はまるで古代の詩人が詠んだ神々の装束のよう。

幻想的な美しさを孕んでいて、目を離させない不思議な魅力があった。

そんな美青年がユフィの姿を見るなり、春のせせらぎのような声で一言。

「不審者ですか？」

やっぱりそう見えているらしい。

「ちちち、違いますっ」

ガサガサッと音を立てて、ユフィは草むらから立ち上がる。

「なら、かくれんぼですか？」

「そ、それも違いますっ……入学式で人酔いしたので、緑に癒されていたのです」

（って、説明下手すぎ！　緑に癒されるって何⁉　絶対変な子だと思われた私のバカー！）

ユフィがコンマ数秒の間で後悔を炸裂させていると、青年は顎に手を当て考える素振りを見せてから言う。

「……なるべく自然と一体化して、心を落ち着かせていた、ということでしょうか？」

「⁉」

こくこくと、ユフィが頷く。

「気持ちはわかります。自然と触れ合うのは、とても癒されますから」

青年のゆったりとした言葉に、ユフィはぱあっと表情を明るくする。

自分の奇行を理解してくれた上に、共感もしてくれた。

それだけで、ユフィの頭の中ではラッパ隊がファンファーレを奏でるほど嬉しい事実であった。

（はっ、そうだ！　お近づきのシルシにゴボウを……って、今無いんだった！）

入学式にゴボウを持っていくのは流石に違うかなと思って部屋に置いて来たのが悔やまれる！

「しんどいなら、保健室に行った方が」

「いいいいいええ！　大丈夫です！　なんとか落ち着いてきましたので」

「なら、よかったです」

それまで無表情だった青年が、控えめな笑みを浮かべて頷く。

並の令嬢だとこの笑顔だけで心臓を撃ち抜かれ両目を♡にしてしまうところだろうが。

（この人もきっと高貴な方……何か失礼なことしてないかな……ううう心配すぎる……）

自己肯定感が低すぎてそれどころではないユフィは、別のことでバクバク高鳴る心臓を宥めるのに必死であった。

「じゃあ、僕は読書をします」

そう言って、青年は中庭にごろんと寝転ぶ。そしてどこからか取り出した文庫本を開いて読み始めた。突然マイワールドへ行ってしまった青年を前に、ユフィは目をぱちくりさせる。

（なんだか、不思議な人だなあ……）

マイペース、と言うべきか。丁寧な口調も相まってとても腰が低い人ではある。ただそれよりも印象的なのは、周囲の意見に左右されない、強い自分の世界を持っているように見えるところだろう。

珍しく、ユフィの人見知りがそこまで発動していない。

普通の人とは違って、彼はどこか話しやすく親しみがある。

自分と似ているというと失礼だが、何かしらシンパシーを感じていたのだ。

（本が趣味ということはインドア趣味の人……インドアと言えば私……つまりこの人は、私と同じ！）

ユフィの頭の中でそんな式がシャカシャカチーンと音を立て、青年に対する感情がより明るいものになる。例えるなら、犬の大群に放り込まれた迷い猫が、数年ぶりに仲間の猫と再会したような気持ち。青年に対し、ユフィは特大の仲間意識を誕生させたのであった。

「君、新入生ですよね？」

「ひゃうっ」

また不意に声をかけられバクバクと高鳴る胸を押さえユフィは視線で『なぜそれを……？』と尋ねる。青年の視線が、ユフィの制服の胸元に移動した。

「リボンの色、赤なので」

「あ……」

青年の言葉で、ユフィの頭の中の理解の糸が繋がった。

魔法学園はリボンやネクタイの色によってその生徒が何年生かを判別することができる。

女子の一年生は赤、二年生は薄ピンク、三年生は青といった風に。

男子は何色が何年生か忘れたが、確かライルは赤だったはずだ。

それを踏まえて青年のネクタイの色を確認すると――緑。

「ということは、貴方様は上級生……」

「貴方様って」

「ごめんなさい、どう呼んでいいかわからず……」

「僕はノアといいます。君は？」

「……………………ユフィ、と言います」

「その長い間はなんですか？」

「勇気を補充していただけなので気にしないでください……」

「なるほど、喋るのが少し苦手なんですね」

こくこくこくこく！

首が捥げんばかりにユフィは頷く。

（少しどころじゃないけど！　ノア様すごい……!!　人の心が読めるみたい！）

青年改めノアに対する好感度を、ユフィがググーンと上昇させていると。

「よろしくお願いします、ユフィ」

青年改めノアが手を差し出してくる。瞬間、ユフィは石像みたいに固まった。

「どうしましたか？」

「あああごめんなさい！　なんでもないです！」

（昨日に続いて、今日も親愛の握手を獲得出来るなんて……）

十五年も居たのに一度も握手出来なかったあの村はなんだったんだろう。

昨日ライルとしたのと同じように、ユフィはおずおずとノアの手を取った。

しっかりとした印象だったライルの掌と比べ、ノアのそれは比較的小さくどこか儚げだった。

「ところで、ユフィはパーティには行かなくていいんですか？」

「ぱーてぃ？」

「毎年、入学式が終わった後は親睦パーティが開催されているはずです」

「あっっっっっっっ……」

頭の中でばちんっと音がした。そういえば入学式が終わった後、先生から親睦パーティに関する説明があったような。人酔いでそれどころではなくてすっぽり抜け落ちていた。

「教えていただきありがとうございました！」

ノアの手をパッと離し、ユフィはペコペコと頭を下げる。

「気をつけてくださいね」

ノアに見送られて、ユフィは中庭を後にするのであった。

◆

——パーティ。

それはユフィにとって、夜空に煌めく星のようなもの。

ただ集まって料理をつつき、楽しく人とお喋りする会でしょと一笑に付す事なかれ。美しいのに手が届かない星と同じように、パーティもまたユフィにとっては触れることのできない催しだった。

もちろん、村にいた時にパーティがなかったと言えば嘘になる。

ある時は交流会と称して、ある時は卒業のお祝い会と称して、教会の中心人物の同級生がパーティを開催する機会はあったが、そこにユフィの姿はなかった。

なぜならユフィは、その中心人物の同級生はおろか、教室の誰とも話したことがなかったため、自

然とパーティの参加者の頭数から省かれ（以下、トラウマで爆発してしまうので省略）

しかし、そんな暗黒の記憶はすでに過去のこと。

今、魔法学園に入学したユフィにはパーティに参加する権利が与えられている。

つまり今日は、ユフィの記念すべきパーティデビューの日なのだ！

「これでよし！」

寮の自室。姿見に映る自分の姿を見て、ユフィはふんすっと鼻を鳴らした。

——パーティグッズの店をそのまま人間に変えたかのような姿がそこにあった。

『今宵は宴じゃ！』とデカデカと書かれた鮮やかな色のTシャツ、ズボンは水玉模様がチカチカするような派手なもの。視界を覆う面白メガネのフレームは派手な色彩で装飾され、星形とハート形のレンズがポップ感を強くしている。手首に巻かれた色とりどりのブレスレットはそれぞれに小さなチャームが付いていて、ユフィが動くたびにジャラジャラと音を鳴らしていた。

（これで、皆と仲良くできるはず……）

ギュッとユフィは拳を握りしめる。パーティに参加するにあたっての服装は自由、という説明をかろうじて覚えていたユフィは、ノアと別れたその足で購売へと向かった。

（ただでさえ私は人と話せないし、地味だし……だから、服装で少しでも皆の印象に残ってもらわないと……）

という考えのもとで買い揃えたユフィ渾身のファッションであった。ごくごくたまーに村を訪れていたさすらいの道化師のようにも見えなくもないが、印象に残ることは間違いなしだろう。

今宵は
宴じゃ！

『すごいなあの格好！』『なんだあれ、初めて見た！』『素敵！　どこで売っているのかしら？』

「うひひ……本当にパーティの主役になっちゃったりして？」

『パーティ会場でとびきり目立って人気者になる私』を妄想するユフィは、なんとも幸せそうだ。

ちなみにこの姿を見たシンユーが『にゃにゃっ⁉』と驚き『ふしゃー！』と威嚇してきて、終いには怯えたようにベッドの下へ引っ込んでしまった。

猫には人間の素晴らしきファッションセンスは理解出来ないようだ。それはさておき。

「いざ……‼」

パーティへの期待と高揚感を胸に寮を出るユフィ。会場までの道中、何人かの生徒がギョッとこちらを見てきたような……きっと気のせいだ。

会場は入学式が行われた場所とは別のホールでこれまた異常に大きかった。

パーティはすでに始まっているようで、外にいてもガヤガヤと喧騒が聞こえてくる。

（スタートダッシュには乗り遅れてしまったけど……）

今から参加しても遅くないと、ホールに入場しようとして……。

「……ちょっとだけ様子見を」

日和ったユフィはこっしょりと会場を覗き込み——ぱりーん！

面白メガネのレンズが音を立てて砕け散った！

「うぬおおおお目がっ……目があああああぁぁぁぁっ……」

両眼を押さえてゴロゴロとその場をのたうち回るユフィ。王国の中でもトップカーストに所属する者たちが織りなす陽の光はユフィに甚大なダメージを与えた。

「こひゅー……こひゅー……」

穴が空いたような肺を宥めてから再びホールを覗き込む。

目が眩むほどの華やかなステージ、星空のように輝くシャンデリアのクリスタル。

庶民が一生をかけても手に入れられないであろう豪華な飾りつけのテーブルには、味が全く想像できないご馳走がずらりと並んでいる。

参加している同級生たちの格好もホールの装飾に負けず劣らず皆素晴らしい。

男子はピシッとしたタキシードや燕尾服、女子は色とりどりの宝石がちりばめられたドレス。

全身をパーティグッズでデコった生徒など一人もいなかった。

そこでようやく、ユフィは自分の格好が『浮いている』ことに気づいた。

もうグループが出来上がっているらしく、溢《あぶ》れている者は一人も見当たらない。

だとすると、どれかの輪に自分から入っていくしかないのだが……。

(無理無理無理無理無理！　絶対に無理!!)

一人に話しかけるのでさえ、王国一番の高さを誇るエーセスト山(標高12800m)に登頂するほど労力が必要なのだ。こんな大人数に一人で特攻するなんぞ自殺行為も良いところだ。

ふと、会場の中でもひときわ目立つグループ——ライルやエドワード、エリーナが目に入った。

皆、他の多くの生徒に囲まれて、笑顔を向けられて楽しそうにしている。

エリーナは、昔村に来た聖女様と同じオーラを纏っていて、生徒たちからの深い信頼と人望を一身に受けていることは言うまでもなかった。

（いいなあ……）

羨望の眼差しを向けながら、ユフィは思う。そして同時に、思い知った。

（ここに私の居場所は、無い……）

ポッキリと、ユフィの心が折れた。ひとりはしゃいで全身を着飾ったのが馬鹿みたいだ。

「私も、ちゃんと回復魔法が使えたらなあ……」

寂しそうに呟き、ユフィは面白メガネを外す。

コミュ力がなくても、圧倒的な実力さえあれば、向こうから勝手に来てくれる。

でも今のユフィには、回復魔法の力も、コミュ力もない。なにも、ない。

キラキラと輝くパーティ会場と、ダサい格好でひとりの自分を比較して、今すぐこの世界から消えたくなった。ユフィはくるりと踵《きびす》を返し、とぼとぼと寮へと帰るのであった。

◆第二章　悪魔の呪文：はーい！　二人組作ってー！◆

本来であれば、ユフィは回復魔法の使い手として魔法学園に入学する予定だった。

でも、そうはならなかった。

六歳の時、村にやってきた聖女様を見て森に駆け込んだあの日。

「私も……聖女様みたいなマホウを使えるように……」

そんな想いと共にイメージした、魔法。

ユフィが突き出した両手から飛び出したのは——森ごと焼き尽くさんばかりの業火だった。

ドオオオオオオオオンッ!!

「わわっ……!?」

木は疎《おろ》か地面ごと抉り取るほどの爆発にユフィはひっくり返る。なんとか起き上がって視界に飛び込んできたのは、ポッカリと穴が空いた地面と、延焼してごうごうと燃え盛る木々。

一瞬、ユフィは何が起こったのか分からずぽかんとした。しかしすぐに、状況を理解して。

（お母さんに怒られる！）

ユフィは焦った。以前、花瓶を割ってしこたま怒られた記憶が蘇る。

六歳児といえど、物を壊してはいけませんという常識は既にユフィの中にあった。壊しているどころか全てを消し炭にする勢いだったが、なんにせよこの状況はまずいという理解はあった。

「えーと、えーっと……どうしよう、どうしよう！」

テンパるユフィ。しかしふと、母親が料理で失敗し調理場に火が上がった際、水をぶっかけて鎮火していたのを思い出す。

「みず！　とりあえずみず！」

再びユフィは掌を前に突き出して、たくさんの水をえいやっとイメージした。

ざばばばばばばば――――ん！！！

突如としてどこからか現れた水が、燃え盛る炎を上から押し潰す。

「わぷぷぷぷっ……」

代わりにユフィはその水に飲み込まれ流されてしまった。

「けほっ、けほっ……」

咳き込みながら後ろを振り向くと、火は消えていた。

ちょっとばかし黒い木が増えて、地面に大穴（後にミリル村における七不思議として語り継がれるクレーター）が空いてしまったが、このくらいなら大丈夫だろう。

いや大丈夫じゃない気もしたが、深く考えないことにした。

思えば、ユフィの現実逃避癖はこの時開花したのかもしれない。

「これで怒られることは……ないよね？」

胸を撫で下ろすと、ドバッと疲労感が身体を襲った。

思わず、ごろりと地面に寝転ぶ。抜けるような大空を見上げながら、呟いた。

「使えた……」

魔法を、使えた。鈍臭くて、家事のひとつもロクにできない自分が。

その事実に、ユフィは武者震いした。達成感、充実感、そして、嬉しさ。

さまざまな感情が胸中を渦巻く。

聖女様が使っていたものとはだいぶ違う気はするけど、魔法であることは変わりない。

同じようにピカピカーっと光っていて、綺麗だった。

魔法が使えたという事自体の喜びで、ユフィの頭はいっぱいだった。

「これで私は……聖女になれる……」

そう確信して、胸が小躍りする気持ちだった。

「お母さんと、お父さんに……言いにいこう」

きっと褒めてもらえるに違いない。

胸を高鳴らせながら起き上がって……ぴたりと動きが止まる。

「わたしなんかが初めてで、あれくらい出来るってことは……」

きっと他の人はもっと出来る。思えばかけっこも、勉強も、ずっとビリケツだった。

そんな自分が他の人よりも凄い魔法が使えるわけがない。

（私が知らないだけで、皆はもっと凄い魔法を使えるんだ……）

ユフィの自己肯定感の低さと、魔法に関する知識の無さがそう思い込ませた。

危ない、調子に乗るところだった。ユフィはぶんぶんと首を振る。

「……もうちょっと、練習しよう……」

その日から、ユフィの魔法訓練が始まった。

風魔法を使って高速移動することが可能になってからは、森を燃やしてしまったら危ないと、村から遠く離れた山岳地帯に移動して。

「ファイヤーフレイム！」ドオオオン!!

「ウォーターシュート！」ざばばばーん！

「ウィンドスプラッシュ！」びゅうううう!!

「グランドウォール！」ゴゴゴゴゴッ!!

「スタンショック！」バリバリバリバリ!!

技名を口にした方がイメージが湧きやすかったため、それっぽいネーミングをして、思いつく限り、気の向くままに魔法を毎日練習すること、七年。十三歳になって、軽く本気を出せば岩山地帯ごと吹き飛ばせるくらいには強力な魔法を使えるようになった頃。

「……そろそろ、いいかな？」

ようやく、ユフィは両親に魔法が使える事を打ち明けようと決意した。

その前段として、ユフィは自分の『夢』を母親に明かす。

「お母さん」

「なあに、ユフィ」

「私、聖女様になりたいの」

お皿洗いをしていた母親の手が止まる。

それからユフィの方を向いて、妙に優しい笑顔で言った。

「聖女様になりたいなら、回復魔法を習得しないといけないわね」

「カイフク……？」

カイフク……かいふく……回復？

ユフィの背景に宇宙が広がった。宇宙ユフィ。

今まで自分が練習してきた魔法を思い起こす。

炎で森を焼き払ったり、水で大地を押し流したり、雷で岩を爆散させたり……

回復？　ナニソレオイシイノ？

「そう。聖女様になるには回復魔法……つまり、人の怪我や病気を治す魔法をマスターしないといけないの」

瞬間、ユフィの視界が真っ黒になった。

「火とか、水とかを出すやつは……」

「ああ、それは攻撃魔法ね。魔法には二種類あるの。ひとつが回復魔法、もうひとつが攻撃魔法……まさしく、火とか水とかを発現させて、戦いの手段とする魔法よ」

ユフィは卒倒した。

「ユフィ？　口から魂が出ちゃってるけど大丈夫？」

「だ、大丈夫……」

全然大丈夫じゃなかった。

魔法が使えれば聖女様になれると思っていた。しかしそれは大間違いだった。

聖女になるためには、回復魔法を習得しなければいけない。

絶望した。

今までの七年間は、なんだったの……と――。

「ちなみにだけど、回復魔法は女だけ、攻撃魔法は男しか使えないわ」

母親がとてつもなく重要なことを言っているが、全然頭に入ってこない。

辺境のミリル村では魔法に関する知識の流入が無い。

加えてユフィには魔法のことを聞けるような友人もいなかった。

そのためユフィは、性別によって使える魔法が決まっているということも知らなかった。

この時、ユフィは知った。男は攻撃魔法、女は回復魔法しか使えない、という常識を。

「あと、魔法は基本的に貴族しか使えないのだけど、ユフィは私の血が入っているから、使えるかもしれないわね」

曰く、母親は元々どこかの貴族で、庶民である父親と駆け落ちしてこの村にやってきたらしい。

身をくねくねさせながらその時のラブラブエピソードを語る母親の話も全く頭に入ってこない。

そんなことよりもなぜ女である自分が攻撃魔法を使えているのか、その特殊性に着目するべきだったが、そちらには考えが至らなかった。ユフィにとって、聖女になる事が第一目標だった。その目標を達成するために七年間頑張ってきたのに、全部無駄だった。

突きつけられた事実に、頭が真っ白になった。

「え、ちょっと、ユフィ？　どこへ行くの？　そろそろ晩御飯の時間よ？」

母の言葉はもはや聞こえていなかった。ユフィはふらふらと家を出て森へ向かう。

そしてその辺に落ちていた尖った石で、人差し指の腹をサクッと切った。

「いつっ……」

痛みに顔を顰めるも、ユフィのやることは決まっている。

じわりと、赤い鮮血が滲み出た傷口にもう一方の掌を向けてから、イメージした。

この傷が治っていく光景を。火や水といった他の魔法は一発目で出来たのだ。

回復魔法もきっと……という淡い期待があった、しかし。

「あれ……なんで……？」

何も起こらない。森の静寂だけが辺りを満たしている。強いて言えば、ぼうっと、掌が弱々しく光るだけであった。攻撃魔法を放つ時のようなキラキラとは似ても似つかぬ光だ。

それからしばらくユフィは祈った。頭の芯がじんじんと痛くなるくらい治るイメージをした。

しかし、傷口が塞がることはなかった。

真っ暗になるまで頑張ってみたが、結局傷は治らずじまいだった。

「きっと、練習が足りないんだわ」

というわけで次の日から、ユフィは再び山に篭った。

自分の指に傷を作って、回復魔法をかける。その繰り返しの日々を送った。

そうして試行錯誤すること一年。

「もう……限界っ……」

森の中で、ユフィは大の字に寝転んだ。額にはびっしりと汗をかいている。

「全然、だめね……」

この一年での成果を思い返す。

普通は数日かけて傷口が無くなるところを、一時間かけて治すまでになった。

一応、回復魔法を使えてはいる。しかし聖女様はたった数秒の間に腕を再生させていた。

それに、自分は魔力を異様に消費している。攻撃魔法であれば何発でも連続で放つことができるのに、回復魔法は一回使うだけでもごっそりと体力を持っていかれるのだ。

とてつもなく効率が悪いのである。

「才能……無いのかな」

ぽつりとユフィは呟き、肩を落とした。今の自分は、回復魔法の使い手とは程遠い。

憧れていた聖女様の背中はもはやどこにも見えなかった。

攻撃魔法が使えていることなど、もはやどうでも良くなっていたある日。

「いたっ」

「お母さん、大丈夫⁉」

包丁で指を切った母親に回復魔法をかけた。

この時も相変わらず一時間くらいかかった。

「ごめんなさい……治すの、とても遅くて……」

しょぼくれるユフィの傍ら、母親はすっかり綺麗になった指先をポカンと見つめていた。

そして目をみるみるうちに大きく見開いて言った。

「ユフィ、あなた、回復魔法を使えるのね！」

「えっ、あっ、えっと……うん……」

ユフィが頷くと、母親は見たことのない笑顔を咲かせた。

「パパ！　ユフィが回復魔法を使えたわー！」

「なんだって⁉」

興奮冷めやらぬ様子で母親が言って父親が飛んできた。それから父親は自ら掌をナイフで切って、

「さあ回復魔法を使ってみなさい」と実演を迫ってくる。

勢いにビクビクしつつも母親と同じく、ユフィは一時間かけて父親の手の傷を治した。

「凄いじゃないかユフィ！」

父親も舞い上がった。

「そうでしょう、パパ！　ちょっと治るまでに時間はかかるけど、回復魔法であることは変わりないわ！」

母親も舞いに舞っていた。

「あっ……えとっ……えっと……？」

まさかこんなに驚かれるとは思っていなくて、嬉しさよりも困惑の方が大きいユフィであった。

「なあママ。ユフィを魔法学園に入れてみるのはどうだ？」

「そうね、それがいいと思うわ」

「魔法学園……？」

きょとんとするユフィに、母親が説明する。

「王都にある、魔法を専門に学べる学校よ。ユフィと同じように、回復魔法を勉強しようって、王国中からたくさんの生徒たちが来るの」

「たくさん……」

基本的にユフィは変化を望まない性格だ。

美味しいものなら毎日同じものを食べていたいし、夜は同じ時間に寝ていたい。

しかし、母親から聞かされた魔法学園についての説明は非常に魅力的に聞こえた。

（魔法学園に入れば回復魔法が学べる……）

今、自分がどん詰まっている理由もわかるかもしれない。

今より、もっともっと強力な回復魔法を使えるようになるかもしれない。

そしたら、聖女様に……。

（それに……友達が作れるかも……！）

ユフィの瞳に光が宿った。こうしてユフィは、学園への入学を決意する。

それからの展開は速かった。

後日、魔法学園の職員を名乗る人物が家にやってきて、ユフィの魔法の実演を見た。

入学資格は一定レベル以上の回復魔法を使えることと、回復魔法を極める意思があること。

相変わらず小さな傷を治すのに一時間かかったが、その場でユフィは合格となって魔法学園への案内状を手渡されたのであった。その時の両親の狂喜乱舞っぷりは言うまでもない。

「本当に聖女になれるかもしれないな！」

「いいえ、きっとなれるわよ！　だって私たちのユフィですもの！」

両親ともども親バカであった。

何はともあれ、こうしてユフィは魔法学園への入学権を獲得したのであった。

……結局、ユフィは最後まで両親に攻撃魔法を使えることを明かすことはなかった。

明かすタイミングが無かったのもあったが、そもそもユフィは攻撃魔法に対して価値を感じていなかった。言うほどのことでもない、と思っていた。

女でありながら攻撃魔法が使えることが、この世界にとってどれほどの希少性と異常性を秘めているのかを知らぬまま、ユフィは魔法学園に入学する――。


ちゅんちゅん。

「……あさ」

寮の自室。ユフィはむくりと身を起こした。

時計を見ると朝の六時。村にいた時と変わらない起床時刻。顔を洗おうとベッドから降りる。

洗面所に行く途中、ゴミ箱から溢れ出したパーティグッズの残骸が目に入った。

「ひいっ⁉」

ユフィは悲鳴を上げ、ガンッ、ガンッと壁に頭を打ち付ける！

「ぐうううおおおぉぉぉぉぉっ、黒歴史‼　黒歴史‼」

忌々しき昨日の記憶が脳裏を駆け巡る。

新入生の交流を目的とした親睦パーティに参加すべく、一人勝手に盛り上がって全身をクリスマスツリーみたいにしたはいいものの（よくない）、パーティ会場を覗き見て両目をやられ、自分の場違い感に耐えきれなくなって部屋に逃げ帰った。皆がパーティで楽しくやっている間、ユフィは購入した塩パンを齧りながらひとり、壁のシミの数を数えていた。こうして昨日の出来事はめでたく、ユフィの黒歴史ファイルＮｏ．８９７５に記録されたのであった。

『ちょっと！　うるさいですわよ！　何時だと思っていますの⁉』

打ち付けていた壁の向こうから鋭い女性の声が飛んでくる。

「ひい！　ごめんなさい！」

壁から飛び退いて、ユフィはペコペコペコーッと土下座をした。朝っぱらから突然壁がドンドン音を鳴らされたらそりゃキレる。実家では時たま起こるユフィの発作として両親は「また始まったわねえー」くらいにスルーしてくれていたが、ここは自分以外の生徒たちも暮らす学生寮。人に迷惑をかけてはいけない。

（後で、お詫びの印としてゴボウを渡しにいこう……）

それから、次から頭を打ち付ける時は床にしよう。そう思うユフィであった。

『ユフィ？　大丈夫？』

いつの間にかそばにやってきたシンユーが心配そうに見上げてくる。

「大丈夫だよ、シンユー」

小さな頭を撫でてやると、シンユーはゴロゴロと喉を鳴らし始めた。可愛い。

「今日から授業か……」

ふと思い出してユフィは息をつく。入学式も親睦パーティ（参加してないけど）も終われば、いよいよ授業の始まりである。今日の授業が座学なのか実技なのかもわからないが。

「実技だけは……勘弁……」

実技……それは、実際に魔法を使って学ぶ授業。

つまり、皆の前で自分の回復魔法を披露しなければならない。ただでさえ初日で浮いてしまったのに、切り傷の治療に一時間かかる無能なのが皆の前で露呈したら……。

「うっ……なんだか熱っぽくなった気がする……お腹も痛い気がするし、頭も痛い気も……休んだ方がいい？　休んだ方がいいよね、一日目から頑張り過ぎたら後に差し支えちゃうし……」

『ダメだよユフィ、一日目から仮病なんて』

メッと、ユフィを叱るようにシンユーが言う。

「回復魔法をマスターして、聖女様になるんでしょ？　そのために来たんでしょ？」

「うっ……まさしくおっしゃる通りでございます……」

甘えまみれの自分に反して厳しいシンユーに返す言葉もないユフィ。

まあイマジナリーフレンドだからどっちも自分なんだけど。

『心配しないで、ユフィ』

シンユーが身体をすりすりしながら言う。

『きっと大丈夫。学園の優しい先生たちに教わったら、すぐに上達して見劣りしない回復魔法を使えるようになるよ』

「……うん……そうだよね、そうだよね」

シンユーの言葉で、後ろ向きだった思考が前に向き始める。

自分の実力不足から逃げちゃいけない。

今はしょぼしょぼな回復魔法しか使えないけど、ここで頑張ればきっと強力な回復魔法を使えるようになる。そのためには、授業に出ないといけない。

すっくと立ち上がって、胸の前でぎゅっと拳を握る。

「やるぞ！　私！」

『うん、その意気だよ！』

「ありがとう、シンユー。危うく、不登校になるところだったわ」

『どういたしまして』

最後にシンユーをひと撫でして、ユフィは自分を安心させるための言葉を口にした。

「とはいえ初めは普通、座学だよね、うん！」

◆

「これより、魔法の訓練を始める！」

ゴリゴリに実技でした。

雲ひとつない青空の下、学園の裏手にある山の開けた場所にて。

ユフィを含めクラスの生徒たちがずらりと並ばされている。

「新学期一発目の授業だからと言って甘くはないからな！　心して授業に臨め！」

何人もの教師の前で声を放つのはシャロンという女性で、記念すべき一発目の授業の担当教師のようだ。業火を思わせる赤く長い髪が特徴的だった。

髪色が性格を体現しているかの如く、物言いや全身から溢れ出るオーラは熱血系のそれである。

生徒たちの間には、ピンと糸を張ったような緊張感が漂っていた。

（こ、怖い……）

ユフィは分かりやすくガクブルしている。仮病で休めばよかったと後悔するも後の祭り。

春の日差しはさほど暑くないはずなのに、肌を焦がさんばかりにジリジリ痛いのは気のせいではないだろう。

「お前たちはなんのためにこの学園に来た⁉　答えろ、貴様！」

シャロン先生がズビシイッッと、ライルに杖を向ける。

ライルは一切の動揺を滲ませず、静かに答えた。

「最強の攻撃魔法師となり、この国の杖となるためです」

おお……と生徒たちの間で感嘆の声が漂う。

ついつい拍手してしまいそうになるのを、ユフィはすんでのところで止めた。

「ふんっ、殊勝な心掛けだ。では、お前はどうだ！　なんのために学園に来た！」

ズビシイッ‼

次に杖を向けられたのはエリーナ。エリーナも、落ち着いた様子で言葉を紡いだ。

「最高の回復魔法師になって、ゆくゆくは聖女となり、この国をあらゆる災厄から救うためです」

おおお……と、再び生徒たちから感嘆の息が漏れ――ぱちぱちぱちっ。

ぎゅいんっと、生徒たちの視線が自分の方に向き、ユフィは「はっ……」と息を呑む。

今度は止められず炸裂してしまった拍手が思った以上に響いてしまったらしい。

そーっと、ユフィは膝を曲げて身長を縮め、自分の存在感を消しにかかる。

そして、祈った。

（どうか当てられませんように当てられませんように当てられませんように……）

ズビシイッ！！！！！！！！！

（神様あああぁぁぁぁぁっ!!）

「そこの貴様はどうだ！　なぜ学園に来た!?」

ユフィは何食わぬ顔できょろきょろ辺りを見回す。

「さっき手を叩いていたお前だ、お前！　なに『私は当てられてません』みたいな顔をしてるんだ！」

「ひいっ……ごめんなさいっ……」

背中に定規をぶっ刺されたみたいに背筋がピンと伸びる。

（あああうううあぁぅぅぅ……なんて答えたら……はっ……）

逆に考えると、これはチャンスなのかもしれないとユフィは思った。

クラスメイト皆がいる前で、自分の意思を表明する機会を与えられた。

ここでライルやエリーナのような気の利いた素晴らしい答えを口にすれば、皆からは感心され、シャロン先生にも一目置かれ、クラスでの居心地も良くなり、回復魔法もしっかりと使いこなせるようになり、友達も百人出来て、この学園を優秀な成績で卒業し聖女となり数々の活躍をした後に歴史に名を残す大聖女として崇め奉られ王城の真ん前にある大きな広場に純金の全身像が建てられ今後一万年にわたって参拝客が途切れる人気スポットに「貴様、何を黙っている。早く言え！」

「はっ、はいぃ！」

覚悟を決め、両目に力を灯してユフィは叫んだ！

（最高の聖女様になって、たくさんの人々の役に立つためです！！！！！！！！！！）

「友達……出来たらなあって……」

心の声と実際の声が逆転してしまった。

しん……と水を打ったような静寂が舞い降りる。

（おわっ……た……）

サ――――ッと、ユフィの顔からみるみるうちに血の気が引いていく。

そんなユフィを、くすくすと嘲笑する声がどこからか聞こえた。

「貴様……」

こめかみに青筋を浮かべたシャロン先生が、ツカツカツカとユフィの目の前までやってきた。

それからユフィの胸ぐらを乱暴に掴み、目と鼻の先に引き寄せる。

「あうっ……」

ブラック・ウォルフをも射殺すような視線。ドスの利いた声でシャロン先生は言う。

「ふざけているのか？」

「ごめんなさいごめんなさいごめんなさいごめんなさいごめんなさいごめんなさいごめんなさいごめんなさいごめんなさい」

ユフィが涙目で謝り倒すと、シャロン先生は追及するのも馬鹿らしいとばかりにフンッと鼻を鳴らしユフィを解放する。踵を返し皆の前に戻ってから、見せしめにするかのように言った。

「他の奴《やつ》らは、このような腑抜けた考えを持たぬように！　ここは魔法を追究し、身体の芯まで魔法を刻み込むための学園だ！」

生徒たちをぐるりと見回し、シャロン先生は言い放つ。

「男子は攻撃魔法を、女子は回復魔法を極める事にだけ集中しろ！　安っぽい友情なんぞ、クソ溜めにでも捨て置いておけ！」

「「「はいっ‼」」」

生徒たちが一斉に肯定する。一方でシャロン先生の威圧感に魂を抜かれたユフィは、昨日に続いてまたやらかしてしまったと頭を抱える気分であった。

◆

「それでは、授業内容を説明する‼」

シャロン先生の号令で説明された授業内容をざっくりと要約するとこうだ。
・男二人女二人で四人一組になって、山にいるアルミラージを五匹討伐し成果物であるツノを五つ持って帰る事。
・制限時間は三時間。
・万が一大怪我をした場合や迷った時は『救済の笛』を吹いて先生を呼ぶ事。すぐに待機している教師陣が助けに向かう、などなど。
アルミラージとは、頭に一本のツノを生やしたウサギの魔物である。

危険度をカテゴライズする指標は一番下のF。大人一人でも倒せる程度の強さだ。

運が悪ければ負傷するかもしれないが、死ぬことはないだろう。

（男二人女二人で四人一組……⁉）

授業内容よりも何よりも、この部分にユフィはギョッとした。

村の教会にいた時の記憶が蘇る。

友達同士で組を作るというのは、友達ゼロのユフィにとって地獄の時間であった。

耳にたこが出来るほど聞いた『ユフィちゃんは先生と組もっか（優しい目）』が脳裏にリピートして泡を吹きそうになったが、組は事前に決められているとのことで安堵した。

本当に本当に、天に昇るほど安堵した。というわけで、シャロン先生が組み分けしたクラスメイトたちのところへ行くユフィだったが……。

「おっ、同じ組だな、リーファ！」

「アルト君だ！　アルト君がいてくれたら頼もしいよ、よろしくね！」

「おいおいリーファ、僕を忘れてないかい？」

「もー、忘れてないよジルくん。よろしくー！」

三人は元々の友人か昨日のパーティで既に打ち解けあったのか、とても仲良さそうな感じだった。

（圧倒的アウェイ感……‼）

どう会話の輪に入っていいかわからずオロオロするユフィ。

「それで……」

リーファと呼ばれた女子生徒が、困ったような表情でユフィの方を向く。

「君は、確か……えっと……」

アルトも、言いづらそうに言葉を詰まらせていた。

（ああ！　『マジかこいつと組むのか』の視線が痛い！）

勇気を雑巾絞りのように捻り出し、深々ーと頭を下げてユフィは言う。

「………ユフィです、よろしくお願いします」

「あ、うん、よろしく」

「よろしくー」

「よろしくね」

三人で話している時とのテンションの差が凄い。

三人は明らかに微妙そうな顔をしていて、ユフィとどう接していいかわからない様子だ。

（うう……無理もないよね。昨日今日と色々やらかしちゃったし……）

とにかく強制的とは言え、ミジンコゴミムシの自分と組まされているのだ。

（せめて、足を引っ張らないようにしないと……）

そう自分を奮い立たせるユフィであった。

「では、始め！」

シャロンの号令と共に授業が始まった。

授業が始まり、生徒たちが山へと散開して行った後。

「さてさて、今年は何組達成できますかね？」

補佐役として後ろで待機していたヒンメル先生が、シャロンに声を掛ける。

「今年の新入生は優秀と聞いている。八割くらいは達成して欲しいものだな」

そう言って、シャロン先生は生徒の名簿に目を下ろす。

「ユフィ・アビシャス……入学試験の結果はぶっちぎりの最下位。ふん、所詮は平民の子か」

「さっきの挙動不審な子ですか？」

「ただの臆病者だ。どうせすぐに泣き言を抜かして、田舎に帰るに違いない」

吐き捨てるように言う。

シャロン先生のユフィに対する興味は、それ限りであった。

◆

「うぅぅ……ここどこぉ……？」

授業が開始して一時間。泣き言どころか泣きそうになりながら、ユフィは一人でとぼとぼ森の中を歩いていた。こうなった経緯を回想する。

『ぐあっ……』

『ジルくん！』

一匹目のアルミラージとの戦闘でメンバーの一人、ジルが軽傷を負った。

『あのあのっ……私に回復魔法をかけさせてください！』

ユフィはすかさず（出番だ！）と申し出て、ジルに回復魔法をかける。

しかし一向に傷が良くなる気配はない。

『あの……これ、完治するまでどれくらいかかる？』

『……え――――っと、一時間くらいですか？』

『い、いちじっ……!?』

ジルがギョッとし、リーファが『本気で言ってるの？』みたいな目をしたタイミングで、新たなアルミラージが出現。

『くそっ、こんな時に！　俺が戦う！　リーファ、ジルに回復魔法を！』

『わかったわ！』

リーファはユフィを押しのけるように、負傷したジルに向けて手を翳す。

『命の泉よ、傷ついた者への慈悲を。この傷を癒したまえ……』

詠唱と共にリーファの手がぼうっと光って、ジルの怪我をみるみるうちに治していった。

自分の回復魔法との差に、ユフィは愕然とする。リーファの回復魔法の腕前は相当のようだ。

『アルト、加勢するよ！』

リーファの回復魔法で完治したジルが戦闘に戻る。

『おお、助かる！』

こうして二匹のアルミラージはアルトとジルによって討伐された。

『これで三つ目ゲット！』

『やったな！』

『後は二本ね！』

アルミラージのツノを三本掲げたアルトに、リーファとジルは喜びの声をあげる。

『ジル、サポートありがとな！』

『どういたしまして！　リーファもありがとう、おかげで助かったよ』

『これくらい、どうってことないわ。ジルもアルトも、お疲れ様！』

チームの絆によって課題をクリアした達成感に満ち満ちている三人の一方、ユフィは空気と化していた。三人の喜びを邪魔してはいけないと気配を消すのに必死であった。

『えっと、ユフィちゃんも……ありがとう。気持ちだけでも嬉しいよ』

『アッ……いえ……すみません、お役に立てなくて……』

気を遣った笑いを浮かべて言うジルにユフィは消え入るように返す。

会話はそれだけであった。リーファとアルトは腫れ物に触るような視線をユフィに寄越すだけ。

ユフィは役に立たないと、煙たがられていることは明白であった。

その後も、戦闘はアルトとジルが担当し、怪我をしたらリーファが回復魔法をかけるようになった。

ユフィの出る幕はなかった。もはやユフィはいない者として扱われていた。

（私、何も役に立ってない……!!）

焦ったユフィはせめてアルミラージを探そうと、キョロキョロしているうちに……。

「あれ……皆さんどこに……!?」

見事にはぐれてしまったのだ。回想終わり。

「こんなことで助けを呼ぶのは、先生のお手を煩わせるし、いくらなんでも格好悪すぎる……」

シャロン先生から渡された救済の笛を見下ろしながら呟く。ユフィはため息をついて、再び歩き出す。もうしばらく森を彷徨うことにした。流石に、制限時間までに誰かと遭遇するだろう。

森の中は薄暗く不気味な空気を醸し出していたが、ユフィは全く動じていない様子。

子供の頃から山に籠って暗くなるまで攻撃魔法の練習をしていた経験が活きているのだが、今のユフィにとってそんな事実はなんの慰めにもならない。

「一回目の授業でこれじゃ、この先どうなるんだろう……」

考えたくもなかった。

おそらくこの授業は、成績が良い者と悪い者がバランス良く揃うように組み分けられている。

攻撃魔法に関しても、ジルよりもアルトの方が明らかに威力が高かった。

実戦の中で、成績が悪い者が良い者の魔法を見て学んだり、逆に良い者が悪い者に魔法を教えたり
……といったことで双方が高め合っていく、といった趣旨があるのだろう。

現にジルは、アルトから攻撃魔法のコツ的なことを教わっていた。

アルトが怪我をした際、リーファも「えっと、ユフィちゃん。回復魔法、少し教えようか？」と声

をかけてきてくれたが「アッいえ大丈夫ですそれより早くアルト君を治してあげてください」と早口で返してしまった。

（なんで拒否ってしまったの私⁉）と後悔しても後の祭り。

「そ、そっか、じゃあ……」

引き攣った笑みを浮かべて、リーファはアルトの元へ行ってしまった。

ユフィに最低限のコミュ力があれば、リーファから回復魔法を教わることが出来ただろうに。

「消えて無くなりたい……」

回復魔法も使えない、人とまともに喋ることもできない。

改めて、自分の無能っぷりにしょんぼりしていた、その時だった。

——ぴいいいいいいっ。

遠くから人工的な音。直感的にユフィは、それが救済の笛であることを察した。

「もしかして、私と同じ迷子……⁉」

ぱああっと、ユフィの表情が明るくなった。

仲間がいた！　安心感が湧き出すも束の間、ドオオンッと轟音が聞こえてきた。

「なんだろう……？」

不思議に思ったユフィは、音のした方へ足を向けた。

「はあっ……はあっ……!!」

ライル・エルバードは走っていた。傷で痛む肩を押さえ、全力で走っていた。

表情は焦り一色。息は浅く、額には汗がびっしりと浮かんでいる。

「くそっ……なんだってこんなことに……」

ドオオンッ!!

「うおっ……」

大地が揺れ、ライルは足を取られて転倒する。

「くっ……」

すぐに起きあがろうとした時。

木々を薙ぎ倒し、ライルの焦りの原因が姿を現した。

人間の身体なんてひと薙ぎでバラバラになるほどの、巨大な体躯。

六つの瞳がギロリと、ライルを睨みつけている。

「なんなんだ、一体……」

死と絶望の象徴を目の前にして、ライルは焦燥したように言葉を落とした。

ほんの数十分前まで、ライルの班は順調にアルミラージを狩っていた。攻撃魔法の首席ライルにとって、F級モンスターを狩ることなど指パッチンをするくらい容易なこと。

誰一人怪我を負う事なく、課題を進めていった。

アルミラージを残り一匹狩れば課題クリアというタイミングで——そいつは、突然現れた。

灼熱の業火が天に昇り、森の静寂を乱す。炎の中から現れたのは、巨大な三つ首の獣。

真っ黒な身体、業火のように赤く輝く瞳。炎を纏った毛皮は炎が舞い上がるたびに煌々と光り、まるで生きているかのように揺らいでいる。

「フレイム・ケルベロス……⁉」

同じ組の男子、ルークが驚愕の表情でその名を叫ぶ。

危険度Bの魔物、フレイム・ケルベロス。本来、この森にいるはずのない強力なモンスターだ。

フレイム・ケルベロスは『グルル……』と、四人を品定めするように睨む。

「ひっ……」

「あ……あああ……」

不気味な瘴気を纏った魔物を前に、女子は二人とも畏れを抱いていた。

ぴいいいいいいっ——。

ルークが救済の笛を吹いた。明らかな異常事態。授業どころではないという判断だ。

しかしそれが刺激となったのか、フレイム・ケルベロスがルークに飛びかかる。

「うわあああっ⁉」

「危ない！　火盾《ファイヤ・シールド》！」

咄嗟にライルがルークの前に火魔法で盾を張る。フレイム・ケルベロスと火の盾がぶつかり轟音を響かせた。その間に、ライルがルークに飛びつく。同時に、火の盾が破られた。

紙一重のところで、二人ともフレイム・ケルベロスの攻撃から逃れることが出来た。

「ルーク、大丈夫かい⁉」

「な、なんとか……いつっ……」

ルークが顔を顰める。膝を擦りむいてしまったようだ。

「ルーク君！　大丈夫⁉」

女子のひとり、アイリスがルークに駆け寄り回復魔法をかける。

すかさず、ライルはフレイム・ケルベロスに攻撃を試みた。

「火球《ファイヤ・ボール》！」

放たれたひと抱えほどの火球がフレイム・ケルベロスへと向かい、頭の一つに直撃する。

あわよくばフレイム・ケルベロスを撃退できないかという考えもあったが。

「だめか……」

黒煙が晴れ、無傷のフレイム・ケルベロスが姿を現しライルは舌打ちする。こちらにも攻撃手段があると判断してか、フレイム・ケルベロスは警戒するように一度距離を取った。

一番得意な火魔法で攻撃を試みたものの、そもそもフレイム・ケルベロスは火属性。

そのため、先ほどのライルの攻撃が効いた様子は無かった。

（救済の笛を吹いたけど、先生の到着までは時間がかかる）

おそらく、このような事態は想定されていない。

先生を待っていたら全滅してしまう。そう判断したライルは駆け出して叫んだ。

「俺が囮になる！　皆は先生のところへ！」

「お、おい！　ライル！」

「ライル君！」

ルークとアイリスの制止する声が聞こえたが、話し合っている時間はない。

「水球《ウォーター・ボール》！」

ひと抱えほどの水の塊をフレイム・ケルベロスに向けて放つ。

バンッと弾けるような音と共にフレイム・ケルベロスの身体が揺らいだ。

ぎろりと、三つの頭が全てライルへ向く。

「こっちだ！　来い！」

全速力でライルは駆けた。

『グルアアアァァァァッ!!』

フレイム・ケルベロスも、自分を攻撃したライルを追うべく動き出した。

こうして、他三人のメンバーの身の安全は確保できた。

ここまでは良かったが、所詮ライルも人の子。

野生の足の速さに勝てるはずもなく、あっという間にライルは追いつかれてしまう。

「くっ……アクア・アロ……」

攻撃魔法を放とうとするも、それより前にフレイム・ケルベロスの前足がライルに襲い掛かる。

鋭い爪はライルの肩を捉えた。

「がっ……」

衝撃。いとも簡単にライルの身体は吹っ飛んでしまう。口の中が血の味がする。

肩が燃えるように熱い。首だけ動かして見ると、制服がじわりと赤色に染まっていた。

フレイム・ケルベロスは追撃してこない。早く逃げてみろと言わんばかりだ。

「くそっ……」

ライルは立ち上がり、再び駆け出した。フレイム・ケルベロスもゆっくり動き始める。まるで、子供が虫のすぐ後ろに足を踏み下ろして遊ぶかのように、じわじわとライルを追い詰める。

それからしばらく追いかけっこが続いたが、ライルは力尽きた。

地に這いつくばるライルの前にフレイム・ケルベロスが君臨する。

六つの瞳がギロリと、ライルを睨みつけた。

「なんなんだ、一体……」

とどめを刺してやるとばかりに、フレイム・ケルベロスの口の中に炎が灯った。

（これは、いよいよまずいかもしれないな……）

フレイム・ケルベロスが『フレイム』たる所以《ゆえん》が、襲い掛かろうとしている。

死の気配が近づいてくる感覚。だが、このままやられるわけにはいけない。

「俺は、ライル・エルバード……」

ゆっくりと立ち上がり、フレイム・ケルベロスを見据える。

「エルバドル王国の第三王子にして、この国を守る杖となる者」

ここで死ぬわけにはいけない。フレイム・ケルベロスを倒すことが出来なくても、生き抜くべく全力で戦う。そんな決意を胸に、今、自分が放てる最も高出力の魔法を放とうと――。

「だ、大丈夫ですか……？」

状況にそぐわない間の抜けた声。

ここにいるはずのない女子生徒、ユフィがひょっこり現れた。

『グル……』

フレイム・ケルベロスも、突然現れた第三者の存在に炎を引っ込める。

（なぜ、ユフィがここに……⁉）

ライルは両目を極限まで見開いた。

ユフィ・アビシャス。同じクラスの同級生。入学式の前日に二、三言話したくらいの関係性だ。見たところ、彼女は一人だった。近くに他のメンバーがいるのか、迷子か。

どちらにせよ、女であるユフィには攻撃の手立てがない。

この場においては守られるべき存在だ。そのはずなのに。

「ちょっと、怪我してるじゃないですか！」

ライルの肩の負傷を見て、ユフィがたたたっと駆け寄ってくる。

まるでフレイム・ケルベロスなど眼中にないかのような振る舞いに、ライルは呆気に取られた。

一方のフレイム・ケルベロスは、自分の存在を無視しているかのような振る舞いに憤ったのか、ユフィに向けてファイヤ・ブレスを放たんと炎を灯した。

「来るな！　水蓮爆圧《マリナ・バースト》！」

上級水魔法、マリナ・バースト。大量の水を瞬時に創造しその水圧で対象を攻撃する、今年の新入生の中で唯一の上級魔法を扱えるライルだからこそ発動できる魔法だった。

その刹那、フレイム・ケルベロスの頭のひとつからファイヤ・ブレスが放たれる。

ブレスはライルの放ったマリナ・バーストに直撃し爆散した。

しかしすかさず、フレイム・ケルベロスは二撃目のブレスを放つ。

（マリナ・バーストは間に合わない……!!）

咄嗟に、ライルはユフィに向かって走る。

「水球《ウォーター・ボール》！」

ライルが放った下級の水魔法によってブレスは威力を落とす。

しかし、僅かに威力の上回った炎が二人を撫でた。

「ユフィ！」

「きゃっ……」

間一髪のところで、ライルはユフィに抱きつき炎に背を向けた。

「ぐあああああぁぁぁぁっ!!」

「ライル様！」

フレイム・ケルベロスが放った炎は、ライルの制服を執拗に燃やす。

「くそっ!!」

ライルは詠唱を省き、自分の背中に水を発現させた。じゅわあああっと音を立てて炎が鎮火する。

代わりに、焼け焦げて無くなった制服の下から、ライルの火傷した素肌が現れた。

「ライル様！　ああっ……私のせいで……」

おろおろと涙目のユフィ。

「は、早く回復魔法を……」

そう言って突き出した手を、ライルが振り払う。

「僕のことはいいから、逃げて……」

鬼気迫った表情で呻くライルに、ユフィは「でも……」と呟く。

その間にも、フレイム・ケルベロスは追撃せんと口に炎を灯していた。

三つの頭全てから放つ特大のファイヤ・ブレスが、すぐにでも放たれようとしている。

(ダメだ……!!)

このままだと二人とも死んでしまう。

(せめてユフィだけでも！)

「ウォーター……うっ……」

水魔法を使ってユフィを飛ばそうとするも、身体からガクンと力が抜け落ちる感覚。

(魔力切れ……こんな時に！)

何度かウォーター・ボールを放ち、立て続けに上級魔法マリナ・バーストを発動したためライルの魔力は枯渇状態だった。それは、攻撃も防御も不可能となったことを意味していた。

そんな絶望的な状況を嘲笑《あざわら》うかのように、フレイム・ケルベロスがブレスを放つ。

二人の人間なんぞ簡単に炭にしてしまうほど大きな灼熱の業火が迫ってくる。

（ああ、くそ……）

「こんなところで……」

（僕の人生は終わってしまうのか……）

何も為すことなく、何者にもなれず、たった一人の女の子すら守ることもできず。

何故こんなことになったのかわからぬまま、死ぬのか。

深淵に引き摺り込まれるような焦燥が胸に広がって、死がリアルな感触を伴ってきたその時。


「水壁《ウォーター・シールド》」


信じられないことが起きた。

ユフィの声が響いたかと思えば、青く透き通った壁が突如としてライルの前に姿を現し、輝く水滴が無数に舞い散る。まるでダイヤモンドが降り注ぐような美しい光景だ。

その水壁は、ライルの出力の何倍、否、何十倍もの量の水で出来ていた。

この辺り一体を覆い尽くすほどの水量で、その存在感は圧倒的。

次の瞬間、水壁は動き出す。一つの生命体のように、ファイヤ・ブレスに向かって膨らみ包み込んだ。ジュッと腑抜けた音が響き、ケルベロスのファイヤ・ブレスが無効化される。

まるでマッチの火を湖に落とすかのような呆気なさだ。

ユフィがサッと手を払うと、水壁は瞬時に消えて何事も無かったように静寂を取り戻した。

思わず、ライルはあたりを見渡す。男性教師の応援が来たのかと思ったがその気配はない。

もちろん、ライルは魔力が枯渇している上に、そもそもこんな超上級魔法は習得していない。

ということは、さっきの魔法は必然的にユフィの所業になるわけで。

「…………………は？」

女であるはずのユフィが、今まで目にしたことのない超上級魔法を放ったことに対して一文字だけ絞り出すのがやっとなライルであった。

◆

「うう……かなり火傷してますね……」

フレイム・ケルベロスが放ったブレスを無効化してから、ユフィはライルの怪我の様子を見て眉を顰める。ライルの患部は肩と背中。フレイム・ケルベロスのブレスによる火傷だ。

「これじゃ、私だと治すのに三時間くらいかかりそう……ああもう本当にごめんなさい私のせいで……」

ユフィは今にも泣きそうな様子だ。

迷子になって、救済の笛の音がした方へ行くと、ライルがフレイム・ケルベロスに追い詰められていた。

（助けないと！）

その一心でライルに駆け寄ると、フレイム・ケルベロスがブレスを放ってきた。

ユフィは反射的に水魔法を発動してブレスを防ごうとしたが、それよりも前にライルが自分を炎から庇って背中に火傷を負ってしまった。自分のせいでライルを怪我させてしまった罪悪感、早く火傷を治さないとという焦りでユフィはテンパっていた。

そんなユフィに、ライルは神妙な顔つきで尋ねる。

「君、やっぱり女装男子だよね……？」

「違いますよ⁉」

ユフィが上擦った声で返した途端。

『グルオオオオオオアアアアアァァァッァ‼』

フレイム・ケルベロスの雄叫びが空気を凍らせた。

辺りは赤く染まり、地面は熱を帯び、砂埃が舞い上がる。

血赤の瞳から炎が燃え上がり、嵐のように荒れ狂った。

ビリビリと大地を揺らすその叫びは雷鳴のように空間を震わせ、王国の果てまで届くかのよう。

攻撃を防がれた事、そして自分の事など歯牙にもかけてないユフィへの怒り。

その怒りは炎となって身体全体を包み、地獄の炎を纏った魔獣となる。雄叫びを上げながら再びファイヤ・ブレスを浴びせようとしてくるケルベロスに対して、ユフィはただ静かに声を上げた。

「静かにしてください」

続けて、フレイム・ケルベロスに片手だけ向けて、唱える。

「轟炎弾《グレイト・フレイム・バレット》」

瞬間、世界が赤く染まる。空間を裂く音と共に、炎が轟音を立てて現れた。

無数の火の玉がユフィの掌から生まれ、空中で乱舞する大炎上。

幾千もの業火が集まり形成された灼熱の弾丸はまるで炎龍が獲物を咬み千切るかのように、螺旋を描きながらフレイム・ケルベロスに向かって飛んで行き——直撃。

『グルアアアアァァァァッァ……！！？？』

灼熱の業火がフレイム・ケルベロスを包むと一瞬でその身を焼き尽くし、地上で輝く赤い星に変える。為すすべなく、フレイム・ケルベロスは断末魔の叫びと共に消し炭となった。

後には、フレイム・ケルベロスが存在していた証である黒い影だけが残った。

今度こそライルは言葉を失った。女は攻撃魔法は使えない。

その常識をいとも簡単に覆したユフィという存在に、驚愕を通り越し理解不能となった。

「さて、これでゆっくり回復魔法をかけられま……はっ、でも私の回復魔法じゃ制限時間までに治すことができません……ああ、もっと練習しておけば……」

当のユフィは事の重大さを全く理解していないようで、相変わらずオロオロしている。

実際、攻撃魔法の修行に明け暮れている期間、数え切れぬほどの魔物を相手取っていたユフィにとって、フレイム・ケルベロスのことなど眼中になかった。

そんな彼女の態度すら、ライルの混乱を深めていく。

「そんな、あり得ない……」

やっと絞り出せた声は、震えていた。

ユフィの瞳をまっすぐ捉え真剣な表情でライルは尋ねる。

「何故君は！　攻撃魔法が使えるんだ⁉」

「えっ」

……。

………。

…………。

「はっ」

(しまった⁉　怪我の事に夢中で、つい……)

ようやく、ユフィは事の重大さに気づいた。小蠅が飛んできたから払った、くらいのノリで攻撃魔法を放ち、あまつさえそれをライルに目撃されたことに。

「やっぱり君は女装男子だな？　そうなんだろう⁉」

「ちちち違いますって！」

それだけは断じて否定しなければならない！

「じゃあさっきの攻撃魔法はなんだ⁉　水魔法に加えて火魔法！　しかもどっちも上級……いや、それ以上の威力の魔法だ！　答えろ、何故君は攻撃魔法が使えるんだ⁉」

ユフィの肩を掴み、ライルは問いただす。

困惑、疑念、異質なものを前にしたような畏れ。ライルの瞳に浮かぶ感情はさまざまだった。

「えっと……それは……」

ライルが何故こんなにも大声を荒げているのか、ユフィには理解ができなかった。しかし直感的に、自分が攻撃魔法を使えることを明かしたらややこしい事態になる、というのはわかった。

「えーと、えーと、えーと……さっきのは……手品です！」

ユフィは誤魔化すことにした。

「手品で危険ランクBのフレイム・ケルベロスを瞬殺できるわけないだろう！」

「うっ……」

秒で論破されたユフィは言葉に詰まってしまう。

「そういえば、入学式の前の日にも君はブラック・ウォルフを討伐したって言ってたよね？」

「ひ、人違いじゃありませんか？」

「いいや、僕は確かに聞いた。この魔法の威力を見た後なら、ユフィ一人でブラック・ウォルフを討伐できるのも頷ける。本当に凄いことだよ」

「す、凄いことなんですか？　いやあ、それほどでも……」

「やっぱり君じゃないか！」

「ああっ、つい！」

褒められることなんて無いので、つい喜びの感情がダダ洩れてしまった。

これでもう誤魔化すことはできない。

（どうしようどうしようどうしよう……うううぅあああうううううぅぅぅ……）

この状況をどう説明すべきかわからず頭が真っ白になって、汗が滝のようにダバーとしていた時。

「先生！　こっちです！」

遠くから他の生徒たちの声が聞こえてきた。救済の笛の音を聞きつけた教師たちが到着したのだろう。

ユフィの瞳に、確信が閃く。焦りを通り越して悟りの境地に達したユフィは、それはもう穏やかな表情をライルに向けて言った。

「さっき見たことは、内緒にしてくださいね」

「いや、それは……」

「お願いしますね？」

有無を言わさぬ圧に、ライルはこくこくと頷いた。

カッコつけのつもりで放ったぎこちないウィンクは、ユフィの不気味さを一層引き立てる。

ユフィはそそくさと立ち上がり、後ろ手に風魔法の呪文を唱えた。

（疾風脚《ハリケーン・レッグ》!!）

風魔法の応用で形成された風の波が彼女を包み込む。

疾風脚――その名の通り、身体に風を巻きつけて、高速で移動する魔法だ。

逃亡――それが今、最も最善の策だとユフィは導き出した。

「ちょ、ちょっと……ってはや！」

流星の如きスピードで、ユフィの身体が飛んでいく。

そんなユフィを止められるはずもなく、ライルはただ呆然とするしかなかった。

◆

(やってしまったやってしまったやってしまった……)

風魔法に身を任せ超速で逃げるユフィは顔を覆っていた。

胸中いっぱいに焦りと恐怖が広がって心が揺さぶられている。

もうすっかりライルが見えなくなってから、ユフィは風魔法を解いて地面に足を下ろした。

「はあ……はあ……」

バクバクと高鳴る心音、浅い息を整えてから初めて、自分の行動がもたらした可能性を思い知った。ライルに自分の攻撃魔法を見られたこと――その事実が、全身を黒い影のように覆っていく。

(確かに、男しか使えない攻撃魔法を、私が使えるのはおかしい、けど……)

世の中には例外もある、と軽く考えていた。卵の中には普通一つの黄身が入っているけれど、たまに二つ入っていることがある。それくらいの例外と同じだと思っていた。

自分が使えるくらいだから、それほど大したことではないだろうと。

ユフィの自己肯定感の低さがそのように思わせていた。だから、自分がなぜ攻撃魔法を使えるのかについて深く考えることはなかったし、自分から人に言うこともなかった。

しかし、先ほどライルからの怒涛の追及にあって、ユフィはひとつの可能性に行き着く。

(もしかして、私が攻撃魔法を使えるのは、思っていた以上に大変なこと……?)

それこそ、世間一般のルールから外れているほどに。

「いやいやいやいやいや、まさかまさかまさか? そんなことないよね、ありえないって……」

否定してはみたものの、自分の声が小さく震えていることに気づく。攻撃魔法を使った自分の姿を見たライルの驚愕の表情が、問いただしてきた時の荒げた声が、「ありえない」を否定している。

「でも、もし……」

女でありながら攻撃魔法を使えるという自分の特性が、大事になるようなことだとしたら。

ユフィの妄想が始まる。


——重い扉を開くと、そこには大きな書斎机に座った厳しげな眼差しの校長先生。

校長先生の他にも、学園を運営する有力な教師たちがずらりと並んでいる。

皆、ユフィを射殺さんばかりの視線を向けていた。

「ユフィ・アビシャス。君に聞きたいことがある」

校長先生の声は低く、重みを含んでいる。そうして行われる、根掘り葉掘りの質問攻め。

「君は、どうやって攻撃魔法を覚えたのか?」

「誰に攻撃魔法を教わったんだ?」

一つ一つの質問が刃物のように迫ってくる。

「……えっと、イメージしたら、なんとなく……独学です、はい……」

「ふざけているのか!!」

ドン!!（机に思い切り拳が振り下ろされる音）

「ひいっ⁉」

さらにその後は、攻撃魔法を隠していた事を追及される裁判。

審理の場に立つユフィの小さな身体が質問の弾幕に晒される。

傍聴席に座る人々の視線が刃物のように彼女を貫く。取り調べに次ぐ取り調べによってユフィは憔悴し、もはや「アッ、アッ、アッ……」としか答えることができない。

カン!!　カン!!（裁判官が木槌を鳴らす音）

「主文、ユフィ・アビシャスを懲役８９０年に処す!!」

事実上の死刑宣告だった。

ガシャーン!!（投獄される音）

ユフィは牢獄にぶち込まれ、手足に冷たい鉄枷が嵌められる。

「ああ、どこで私は間違えたんだろう……」

カビ臭いパンを齧りながら呟くも答えを口にしてくれる者はいない。

ひんやりとした石壁に囲まれた独房で一人、ひたすらに時が過ぎてゆく。

そんなある時、胡散臭いサングラスをかけ、太った身体に白衣を羽織った薄汚いマッドサイエンティストが「ひっひっひ」と怪しげな笑い声を漏らしながらやってきて、言うのだ。

「ユフィ・アビシャス君！　魔学の発展のために、その身体すこーしだけ調べさせてくれたまえ！」

こうして始まった人体実験。

薄暗い部屋の中、裸でベッドに拘束されたユフィの腕に太い注射器がブッ刺され未知の液体が体内に流し込まれるそのたびに身体が激しく拒絶反応を示し白目を剥き口からは血と叫び声が漏れ鋭いナイフが身体中を切り刻み解剖「いいいいいいやあああ！！！」

ゴロゴロゴロゴロ!!　頭を抱えてユフィは転げ回った！

ゴッ!!

「へぶしっ!!」

木に衝突してようやくユフィの妄想は終わる。

「解剖だけは解剖だけは解剖だけは許してください痛いのは本当にダメなんです解剖だけは……!!」

呪詛のように呟いていたが、後頭部がじんじんと痛むおかげで冷静さが戻ってきた。

「過ぎたことは、仕方がない、よね……」

そう、過去は変えられない。

出来ることは最悪の未来（妄想）を回避するためにどうするのか、考えるだけだ。

「そ、そもそも！　あそこでケルベロスを撃退しなかったら、ライル様の身が危なかったし……」

攻撃魔法を人前で使ってしまった、でもそれはライルを救うためには必要だったのだ。

そう自分に言い聞かせ、心を落ち着ける。ライルと初めて出会った時、彼は優しく接してくれた。

少なからずユフィにとっては、ライルは大切な人だった。

だからライルを救うことが出来て良かったと、ユフィは安堵していた。

「それに……」

咄嗟の状況で自分を抱きしめ、攻撃から守ってくれたライルのことを思い出す。

「守られたのは……初めてかも」

今までにない、不思議な感覚だった。

「って、あれはあくまでも人命救助！」

ぶんぶんと頭を振るユフィ。

自分如きが、この国の第三王子であらせられるライルに守られてちょっぴり嬉しかった、なんてことを考えるのは烏滸《おこ》がましすぎる。

「おえっ……酔った……」

振り過ぎてぐわんぐわんする頭を宥めていたタイミングで、全員集合の合図の笛が鳴り響いた。

「戻りたくない……」

全力で逃げ出してしまいたかったが、そういうわけにはいかない。

重たい足取りで、ユフィは笛の鳴る方へと足を向けるのであった。

ユフィが元の集合場所に到着すると、既に他の生徒たちが集まっていた。

人の輪の中心にいるライルの姿にユフィの目が引き寄せられる。

回復魔法を受けたのだろう、彼の背中は赤くなく元の綺麗な肌を取り戻していた。

(よかった……)

ホッと、ユフィは安堵する。

ライルと視線が合ってしまってはまずいので、ユフィはそそくさとその場を後にする。

キョロキョロとあたりを見回すと、逸《はぐ》れてしまった班のメンバーを発見した。

(何も言わないのは……よくないよね……)

忽然と姿を消してしまって、皆も心配しているかもしれない。

胃をキリキリさせながら、ユフィはゆっくりとメンバーの元へ歩み寄る。

「あ、ユフィちゃん!」

メンバーの一人、リーファが気づいた。

後ろにアルトとジルもいて、「おいおい探したぞ」と非難めいた視線をユフィに寄越してくる。

「途中から急にいなくなるなんて、びっくりしたじゃない」

「ご、ごめんなさい……道に迷っちゃって」

ユフィが小さくなっていると、アルトとジルが場を明るくする言葉をかけてくれる。

「まあ合流できたからいいってことよ!」

「ちゃんと残りのアルミラージは狩っておいたから！　安心して！」

「あ……ありがとう、ございます」

ユフィがはぐれたことに関するやりとりはそれだけだった。もともといてもいなくても関係ない存在感だったため、特に感動の再会といった空気もない。ホッとしたような寂しいような気持ちになっていると、シャロンがやってきて大きな声で宣告する。

「イレギュラーが発生したため、今日の授業はこれにて中止とする！」

具体的な事情説明のない突然の中止に、生徒たちは困惑の表情を浮かべていた。

（どうかこのまま何事もなく終わりますようにどうかこのまま何事もなく終わりますように……）

ユフィは怯えていた。

自分の名前が呼ばれ、暗い部屋に連行されて事情聴取をされるのではないかと。

フレイム・ケルベロスの一件は内緒にしておいてくれと言ったものの所詮は口約束だ。

あれほどの大事を先生に報告しない道理はない。

そんなユフィの心配とは裏腹にそのまま解散の流れになった。フレイム・ケルベロスに関連した話題も出ずじまいだった。

それは、ライルがちゃんと秘密を守ってくれていた証拠でもあった。

（やっぱり、ライル様はいい人……!!）

心からユフィは感激した。どうにかこの場を乗り切ったと、ユフィはほっとした。

遠くの方から、ライルがじっとこちらを見つめていることにも気づかずに。

❖第三章　セイトカイ？　何それ美味しいの？❖

夜、寮の自室。ユフィのベッドの上で、シンユーがのんびり毛繕いしている。

肝心の家主は、部屋の隅っこで毛布を被り三角座りをしていた。

「……おうちにかえりたい」

毛布から顔だけひょっこり出して、ユフィが虚無顔で呟く。

声に生気はなく、目は催眠魔法でもかけられたように虚空を見つめている。

半開きの口からは先ほどから数えきれないほどため息が漏れ出ていた。

「ああ、なんであんなことしちゃったんだろう……私のばかばかばか……」

ぽかぽかと頭を叩きユフィは後悔の言葉を口にする。

寮に帰ってからというものの、「あれは良くなかったんじゃないか……」「これも良くなかったんじゃ……」と次々に自己嫌悪が高まっていき、太陽と同じく気分も沈みきってしまっていた。

「二十点……くらいかな」

自分なりに今日一日の点数をつけると、その程度だろう。

少なくとも、友達ひとりを目標にして迎えた初日の授業は、大失敗と言って差し支えない。

皆の前で先生に詰められるし、一緒の班になったクラスメイトとは微妙な距離感だったし、回復魔法は相変わらずダメダメで一度もロクに治療出来なかった。

挙げ句の果てには迷子になって班の皆に心配をかけてしまう始末。

誰の役にも立っていない、むしろ迷惑ばかりかけている。

「はっ……でもでも！　ライル様とは少し、仲良くなれたはず……はず、だよね？」

唯一のハイライトといえば、フレイム・ケルベロスの一件だ。

フレイム・ケルベロスに襲われていたライルを、攻撃魔法を使って救った。

回復魔法こそかけられなかったものの、ピンチを救ったことには変わりない。

「だから、少しくらいは……恩を感じてくれているはずっ……ってちょっと待って」

なんとも小物感の溢れる下心を抱いていたユフィの動きが、ぴたりと止まる。

「おかしくない？　そもそも私の方が、ライル様よりも強力な攻撃魔法を使えるわけないし……」

勉強、運動、回復魔法、社交性、人間力。

どの分野でもダメダメな自分の攻撃魔法が、今年の魔法学園に主席で入学したライルのそれよりも強力だなんて、どう考えてもあり得ない。思い上がりもいいところだ。

あまりにも当たり前すぎて抜け落ちてしまっていた。

「ということは……まさか……!!」

ハッとして、ユフィは考え込む。

そして、真実の解を導き出した。

「ライル様のあれは、私の攻撃魔法を引き出すための演技……⁉」

フレイム・ケルベロスに襲われ、いかにも絶体絶命といった状況になれば、ユフィが攻撃魔法を使って救わざるを得ない。そしてその作戦を決行しようと思ったのは……。

「ライル様は……見抜いたんだ」

入学式の前日のあの短いやりとりの中で、ユフィが攻撃魔法を使えるということを。

「女装男子がどうとか、笑い話にしたのはきっと私を油断させるため……」

バラバラだったパズルのピースが次々にハマっていき、戦慄した。

ライル・エルバードというクラスメイトに対する印象が、ぎゅるんっと逆転する。

そもそも彼はエルバドル王国の第三王子。きっと自分の想像のつかないほどの切れ者で策士だ。

言うなれば、自己の利益のためなら手段を厭《いと》わない悪魔。

田舎から出てきた何も知らない小娘ひとり掌で転がすなど造作もない。

「つまりとっくに、先生たちに私のことは伝わってて……そのうち大勢の憲兵隊が私を捕らえにくる……それから校長室……裁判所……牢獄……人体実験……⁉」

ユフィの顔から血の気がサーッと引いていく。

「シシシシンユー……どうしよう、どうしよう……⁉」

『どしたのー？』

毛布をほっぽり出してわたわたベッドに駆け寄ってきたユフィを、シンユーが見上げる。

「私、解剖されちゃう……‼」

『何言ってるのー？』

――カタンッ。

「⁉」

ふと、人の気配を感じた。ギギギッと、壊れた機械人形みたいに首を動かしドアの方を見る。

（あのドアを蹴破って、憲兵隊が突入してきて……）

ユフィの妄想が始まる。悲鳴を上げる間もなく、屈強な男たちに組み伏せられ……。

『離して！　解剖だけは……解剖だけは……‼』

泣き叫ぶユフィに打つ手立てはない。

ほどなくして憲兵隊の後ろから姿を現したライルが、あの人懐っこそうな笑顔を歪めて言うのだ。

『全部僕の思い通りに動いてくれるなんて、本当に君は単純な人間だね』

「ひっ……」

息の詰まるような思いで、ユフィがドアを凝視していると。

――コンッ、コンッ。

「ぴゃい⁉」

ドアとは正反対の方向から音がしてユフィは飛び上がった。

恐る恐る振り向くと、バルコニーに人影。

僕だよ、と言わんばかりに軽く手をあげる青年――ライルだった。

とんとん、と鍵を指差し『開けて』のジェスチャーをしている。

（あ……終わった……）

深く深く、ユフィは息を吐いた。

自分の仮説は当たっていたのだと確信すると、諦めの気持ちが胸に広がる。

先程までのパニックはどこへやら、穏やかな表情でベッドから降りるユフィ。

気分は断頭台へ向かう死刑囚そのもの。ゆっくりとした所作で、窓の鍵を開けた。

ガラガラとドアを引くと、ライルが部屋に入ってくる。

「やあ……って、それはなんのポーズだい？」

「降参する犬のポーズです。わんっ‼」

「僕にそういう趣味はないんだけど？」

「ち、違いましたか？　それじゃあ……」

「今度はなんで両手を差し出して来たのかな？」

「手錠を嵌めやすいように……」

「いやそういう趣味もないんだけど⁉」

ギョッとするライルの反応を見て、ユフィは首を傾げる。

「あれ……？　私を捕まえに来たんじゃ……？」

「誰が？　誰を？」

ユフィはライルに人差し指を向けて、それから自分に向けた。

「うん、どうして？」

「どうして って……」

そこでユフィはハッと気づく。憲兵隊どころか、ライル以外の人の気配が感じられないことに。

当のライルも敵意を纏っていない。ユフィの挙動にただただ困惑している、といった様子で……。

気づく。自分の仮説が、全くの妄想に過ぎないという可能性に。

「大変申し訳ございませんでしたー!!」

「ちょっ、ユフィ!?」

ガン！　と床に頭を打ち付けユフィは渾身の謝罪を披露した。

「ただの勘違いでした!!　本当に！　本当に！　申し訳ございません！」

「と、とにかく、落ち着いて！　全然気にしてないから！　というか、なんで謝られてるのかもわからないから！」

恐る恐る頭を上げるユフィに、ライルは子供を落ち着かせるような笑顔を向けて言う。

「えっと、話を進めていいかな?」

「あっ、ハイ……お願いいたします」

「別に正座で聞かなくても良い話なんだけど……まあいいや」

こほんと、気を取り直してライルは口を開く。

「とりあえず、まずはこのような訪問になったことを謝罪させてほしい。驚かせて、すまない」

「いいいいえ！　お気になさらないでください！　むしろ私の方が何倍も驚かせてしまったので！」

「あはは、それはそうかも。とにかく、女子寮は男子禁制だし、そもそも僕がユフィに会いにきたことを他の生徒に見られるのは得策ではないと考えて、窓からお邪魔させてもらったんだ」

「それはそうですよね英断だと思います私みたいなミジンコゴミムシと一緒にいるところを見られでもしたら魔春砲《マシュー》の餌食になりますので」

「そこまでのスクープ性は無いと思うけど」

魔春砲とは、週刊魔春が定期的に打ち上げるスクープのことだ。週刊魔春は王都で最も多く発行されている雑誌で、政治スキャンダルや、有名人同士の不倫スキャンダルなどを取り扱っている。

ゴシップ関連の情報はここでほぼ全て網羅できると言ってもいい。娯楽の少ないミリル村にもこの雑誌が定期的に届いており、教会内でも雑談に花を咲かせるネタとして度々引き合いに出されていたものだ。もちろん、話し相手のいないユフィには関係のない話ではあったが、魔春砲に撃ち抜かれることがキャリアに甚大なダメージを負うことは知っている。

閑話休題。

「とにかく、お邪魔させてもらったのは昼の件について話したかったからなんだ」

「昼の件……」

「そう、フレイム・ケルベロスの」

ライルの纏う空気に緊張が走り、ユフィの背筋が伸びる。

ユフィの瞳に動揺が浮かぶ一方、ライルは部屋を見回し呟く。

「ここだと、聞かれる可能性もあるか……」

そして、いつもの人懐っこい笑みを浮かべて言った。

「少し、外で話そうか」

◆

きい、と重たいドアを押し開けると、神聖な空間がぼうっと姿を現す。

凝った彫刻が施された高い天井、石壁に掛かる大きなステンドグラスが透明な光の帳《とばり》を描く。

静謐な闇が建物の内部を包み込んでいたが、その深淵を抉るように窓枠から差し込む月光が神秘的な雰囲気を醸し出していた。

「ここなら誰も来ないからね」

ライルに連れてこられたのは、教会だった。

（す、すごい……）

自分が学校として通っていたミリル村の教会など子供の玩具《おもちゃ》に見えてくる壮大さに、ユフィは思わず足を止めてきょろきょろと辺りを見回した。

「ユフィ」

「は、はいっ」

名前を呼ばれユフィはビクッとするも、ライルが深々と頭を下げる姿を認めてギョッとした。

「まずは、お礼をさせてほしい」

バレンシア教の神像が刻まれた金色に輝く祭壇の前で、ライルは言葉を紡ぐ。

「助けてくれてありがとう。おかげで、命拾いしたよ」

「い、いいえ、どういたしまし、て……？」

戸惑いと共に、胸に温かいものがじんわりと広がる。人からお礼を言われるなんて初めてに近い経験で、嬉しいのやら、擽《くすぐ》ったいのやら、不思議な気持ちだった。

ただ意識してもひとりでに口元がニヤけてしまいそうになるあたり、やっぱり嬉しいのだろう。

しかし一方で、自分が頭を下げさせている人物がこの国の第三王子という事実に、恐怖にも近い感覚を生じた。

「そ、それで、結局あれからどうなったのですか？」

話を逸らすべくユフィが尋ねる。

「そうだね、それも話さないといけないね」

フレイム・ケルベロスの事の結末に関して、ライルが説明を始めた。

「先生たちには、フレイム・ケルベロスから命からがら逃げたと言っておいた。嘘はついてないよね。実際に死ぬかと思ったし」

「ということは……」

「ユフィがフレイム・ケルベロスを倒したことは話してないよ。そもそも、ユフィのユの字も話題に出さなかった」

ユフィの身体から力が抜けていく。

攻撃魔法を使える事実が露呈しなかった安心感。

そして約束通り、ライルが内緒にしてくれたことに対する感謝の念を抱く。

（うう……悪魔とか思ってごめんなさい……）

羞恥も沸き上がって顔を覆うユフィであった。

「学園の上層部はフレイム・ケルベロスの行方と、そもそも出現した理由を調査中だ。あの森で危険ランクBの魔物が出るなんて本来あり得ないことだからね。何か自然災害的な理由で出現したのか、あるいは……いや、この話はいいか」

ライルはそこで言葉を切って、目を険しくした。

その瞳に浮かぶ感情の意味を推し量る前に、ライルが表情を元に戻す。

「それで、ここからが本題というか、ユフィにお願いがあるんだけど」

「お願い、ですか？」

なんだろう、と思う間もなくライルはにこやかな笑顔で言った。


「生徒会に入る気はないかい？」


ユフィは頭上に疑問符を浮かべた。

「せいと、かい……？」

「そう、生徒会」

にこにこ顔のまま、ライルは頷く。

「……って、なんですか？」

ライルはズッコけた。

「せ、生徒会を知らないとは思わなかったよ」

「ご、ごめんなさい！　私のいた教会には、無かった組織なので」

「そういえば、田舎の出身だったたね。ごめんよ、説明不足だった」

おほんと咳払いをして、ライルが説明を始める。

「生徒会というのはいわば、学園内で行われる様々な活動や行事を計画したり管理する、学生だけのグループという感じかな。メンバーはそれぞれが特定の役職……書記とか会計とかを担っている。それぞれの役割は読んで字の如しで、どれも生徒会の運営には欠かせない大事な役割なんだ」

スラスラと、ライルは続ける。

「僕たちの学園の生徒会は少し特殊で、学業優秀者や家柄の良い生徒が参加することが多い。今年だと僕やエドワード、エリーナとかがいるかな」

第三王子のライル、宰相の子息であるエドワード、そして次期聖女のエリーナ……錚々《そうそう》たるメンツだ。

「それから、生徒会には一部、特権がある。卒業後、どのような進路を選びたいか融通を利かせてくれるし、食い扶持に困ることは基本ない。特に平民の生徒たちから見れば、とても魅力的な組織とも……って、おーい、ユフィ。口から魂出てるけど、大丈夫？」

「はっ、ごめんなさい！　雲の上の世界の話すぎて頭が真っ白になっていました」

「ごめんよ、一気に説明しすぎちゃったね。もう一度説明しようか？」

「いえ、大丈夫です！　生徒会がどういうものかは、把握しました」

「ならよかった」

満足げにライルは頷く。

「えっと、色々と聞きたいことはあるのですが……そもそも、どうして私なんかを生徒会に？」

ユフィの疑問に対して、ライルはゆっくりと歩みを始めて答える。

「理由はいくつかある。まず、ユフィが攻撃魔法を使えるという事実は、君が想像している以上に大《おお》事《こと》なんだ」

その言葉を聞いて、「そんなまさか」と「ああ、やっぱり」というふたつの気持ちが鬩《せめ》ぎ合った。

まだ、「そんなまさか」の方が大きかったが。

「女装男子じゃない限り、君は回復魔法しか使えないはずの女の子、にも拘わらず、フレイム・ケルベロスを一撃で倒すほどの攻撃魔法を使って見せた。これは只事ではない事実だよ、歴史の教科書が塗り替えられるくらいにね」

コツ、コツと、ユフィの周りを歩きながら言うライルの表情は窺えないが、その声は興奮しているように聞こえた。

「ただ正直言って、君のその力は扱いに困るものだ。誰かにとっては全てを救う神の力になり得る一方で、他の誰かにとっては世界を破滅へと導く悪魔の力にもなる」

「それは……そうですね」

同意してみるものの、ライルの言葉に現実感が湧かない。

自分ではない、誰か別の人物の話をしているようにも感じた。しかし、月明かりに照らされたライルの真剣な表情が、紛れもない事実を口にしていることを如実に表していた。

「その力が露見した時、後ろ盾がないとユフィは……少し困った状態になるかもしれない。なにしろ世界の概念を覆す存在そのものだからね。ユフィごと無かったことにしようとする者、君の身体の隅々まで調べ尽くして真相を究明しようとする者などは、当然のように出てくると思う」

「ひっ……」

短い悲鳴と共に、ユフィの喉がごくりと音を立てる。

薄暗い実験室、冷たいベッド、太い注射器……。

いつもは他愛のない妄想でしかない光景が、妙なリアリティを伴って脳内に映し出された。

「僕としては、その状況は避けたい。ユフィはこの学園の生徒で、守るべき存在。そして何よりも、ユフィは僕の大切な……」

そこで言葉を切って、ライルは胸を詰まらせたような顔をする。

一瞬、ユフィに向けられた瞳に愛おしげな色が浮かぶも、すぐ小さく頭を振って言った。

「……大切な、友達だからね」

「友達……」

ぱあぁっとユフィの表情に満開の笑顔が咲く。

「なんだか召されそうな顔してるけど、大丈夫？」

「はっ、大丈夫です！」

むにむにと頬を動かして、ユフィは表情を元に戻した。

大切な友達という評価に大喜びのユフィに、ライルはほんの少しだけ不服そうな表情を見せる。

「ライル様？」

些細な空気の機微に気づいたユフィが尋ねると、ライルは誤魔化すように咳払いして口を開いた。

「話を戻すよ。ユフィのことは守りたい、とは言っても限界がある。だから……」

ぴたりと、ライルの足が止まる。ユフィの顔を真っ直ぐ見て、ライルは力強く言った。

「なるべく僕らの近くに居てもらうために、ユフィには生徒会に所属してほしいんだ。生徒会には王国の中でも選りすぐりのメンバーが揃っているから、きっと力になれる」

そこでライルは一息ついて、「どうかな？」と尋ねてきた。

「…………」

一方のユフィは言葉を発せないでいた。ライルが騙そうとしているとか、口から出まかせを言っているという可能性を憂慮しているわけではない。完全にユフィ側の問題だった。

しばしの間の沈黙後。

「ご、ごめんなさい！」

腰を思い切り曲げてユフィが頭を下げる。

「ちょっと、すぐには決められないと言いますか……考えが纏まらないと言いますか……」

ライルが自分を生徒会に入れたい理由は理解した。

それを踏まえてどうしたいのかという判断に行き着く前に、自分の攻撃魔法が凄まじい価値を持っていたという事実を受け止め切れないでいた。ようするに、混乱していた。

「もちろん、今すぐに答えを出してほしいわけじゃないよ。これからの学園生活を左右する重要な決定だからね」

「お気遣いありがとうございます……本当にごめんなさい……」

「気にしないで！　そもそも、僕は会長じゃないから最終判断は下せないし」

「あ、そうだったんですね」

「会長は上級生なんだ。僕は副会長だから、次期生徒会長、ってところかな」

どちらにせよすごい役職であることは変わりなかった。

「さっき話したことは、完全に僕の独断の考えだからね。まずは会長をはじめとした、生徒会のメンバーにも了解を取らなければいけない。だから、折入って相談があるんだけど」

言葉を選ぶように逡巡した後、ライルはユフィに尋ねた。

「生徒会のメンバーに限定して、今日の出来事を話してもいいかい？」

「あ、はい、どうぞ」

「即答⁉」

ギョッとライルが目を見開く。

「ほ、本当にいいのかい？」

「え？　あ、はい。ライル様なら、いいかなって」

どこか照れたように言うユフィに、ライルは頭を掻く。

「君はもう少し、警戒心というか……人を疑うことを覚えた方が良いと思うよ」

「今まで人と全く話してこなかったので難しいかもしれません……」

「さらっと、とんでもないことを聞いた気がする」

「あ、でも、ライル様なら信用できるなって、思いますよ」

「へえ、その根拠は？」

「な、なんとなく？」

目を泳がせながら言うユフィに、ライルは大きなため息をつき呟く。

「……やっぱりなんとしても、君を生徒会に入れるべきだな」

「え？」

「ううん、なんでもないよ。とりあえず明日の放課後、生徒会室に来てほしい。説明だけじゃ伝わらないと思うから、実際に目で見て判断材料にするといいよ」

「あ、はい。わかりました……」

自己主張が乏しい草舟精神が根付いてるユフィはこうして、生徒会室を訪問することとなった。


翌日、放課後。中央校舎のとある一角。

ユフィはリュックを背負って目的の場所にやって来た。

「こ、ここが生徒会室……」

ユフィの目の前には、一見どこかの城門のように見える豪華な扉があった。

木製の扉は細部まで手が込んでおり、彫刻された文様は神話の英雄たちが戦う姿を描き出している。

まるで、生徒会室という場所が英雄たちの集う場所であることを示しているかのようだ。

荘厳なフォントで記された『生徒会室』の文字に、豪華な金色の取手。

全てのパーツに圧倒され、ユフィは呼吸をするのさえ忘れてしまう。

「む、むり……」

この扉を開けるには、自分じゃあまりにも荷が重すぎる。

「今日は、帰……」

回れ右しようとした時。

――ユフィは僕の大切な友達だからね。

頭の中でリピートする、ライルの言葉。

「友達……」

その四文字を呟いた途端、全身がビリビリと痺れた。

初めてだった。人に、『君は友達だ』と言われたのは。

(今までは私が友達だと思っていても、相手はそう思っていなかった……というパターンしかなかったものね……)

苦い思い出が蘇る。あれは何歳の頃だったか。

隣の席のリゼッタちゃんが筆記用具を落としたので、なんとなく拾ってあげると。

『ありがとう！　ユフィちゃん！』

それが、リゼッタちゃんとの初めての会話だった。

『お礼、言われた……』

この一言で何かが変わった。それまで誰とも喋ったことのないユフィにとって、リゼッタちゃんのその一言が、心に新しい風を吹き込んでくれたような気がした。

以降、ユフィは積極的にリゼッタちゃんに話しかけるようになった。

「ジュギョウ……タイクツデスネ……」

授業中に何気ない話を振ってみたり。

「ソウジ……タノシイデスネ……」

放課後の掃除中に話しかけてみたり。

リゼッタちゃんから返ってくる言葉は「あっ、うん」「そうだねー」みたいなのが多かったが、ユフィはリゼッタちゃんのことを気兼ねなく話せる友達だと思っていた。

リゼッタちゃんと、他のクラスメイトとのこんな会話を耳にするまでは。

『ねえリゼッタちゃん。最近ユフィちゃんと仲良いけど、友達なの？』

『え？　ううーん……私は友達だと思ったことはないかな？　ユフィちゃん、声ちっちゃくて何言ってるか聞こえないんだよねー』

ガーン!!

以降、リゼッタちゃんと話すことは無くなった。

思えばこの出来事がきっかけで、ただでさえ苦手だった人との会話が余計に出来なくなった気がする。あの時のショックたるや今でも思い出すと胃袋が裏返りそうにグボエッ。

「こ、こんなクソみたいな思い出《トラウマ》はさておき！」

頭をブンブン振って気を取り直す。

（ライル様は、はっきりと私を友達と言ってくれた……）

正真正銘、人生で初めてできた友達だった。だからこそ。

（友達であるライル様の頼みを無下にするわけにはいかない！）

キッ、と瞳に力を込め、生徒会室の重厚な扉を見据える。

深呼吸をして、金色の取手に腕を伸ばす。

「いざ……」

指先が扉に触れようとしたその時。

「さっきから何してんだてめー？」

「ぴゃいっ⁉」

ビクウッ!!

低く、闘争心を含んだ声に飛び上がる。恐る恐るユフィが振り向くと。

「ひっ……」

ユフィが最も苦手なタイプの容貌をした青年がそこにいた。

無造作に後ろに流した赤色の短髪に、着崩した制服。

一見すると、青年はただの不良に見える。しかしその身体の筋肉は日々の鍛錬の証であり、鋭い両眼は強い意志と誇りを感じさせる。ネクタイの色的にはユフィの同級生のようだったが、全身から漂う存在感と闘争心は大人も顔負けだった。

「ご、ごめんなさい許してください……」

「あ？　まだ何も言ってねーだろ」

青年は眉間に深い皺を寄せ、鋭い視線をユフィに向けたまま尋ねる。

「生徒会室に何か用か？」

鷲が獲物を狙うかのような視線に、ユフィはカチコチーンと固まる。

蛇に睨まれたカエルとはまさにこのこと。青年から放たれる強烈なプレッシャーがユフィに突き刺さり、頭の中の言語を司る部分が機能不全に陥った。

「あうっ……えっと……あうあう……」

「ああ!?　なんだって？　ちゃんと喋れ！」

「ひいっ！　ごめんなさいごめんなさい！」

強い闘志に覆われた青年を前にして、平和主義のユフィはすっかり萎縮してしまっていた。青年の圧倒的な存在感にただただ押し潰されそうになって、ただただ挙動不審になっている。

（だ、誰か助けっ……）

「こらこらジャック。ユフィちゃんをいじめちゃダメだよ、殺されちゃうよ？」

どこからともなくライルが現れて救いの声をかけた。

「ライル様……!!」

緊張が一気に解け、ユフィの顔が明るくなる。

「ユフィだと？」

青年――ジャックと呼ばれた彼が、ライルの言葉に目を見開く。

そして、ユフィを再度詰め寄るように見つめた。その眼差しには疑問と驚きが混ざり合い、『コイツがあの？』と言わんばかりの感情が瞬いている。

何故そのような視線を向けられているのかわからず、ユフィは首を傾げた。

「ほらほら、いつまでもそこに突っ立ってないで、早く部屋に入って」

そう言ってライルは、ユフィを守るように部屋へと誘導する。

ジャックもその後に続いた。その途中、ユフィの記憶の種がきらりと光る。

（あっ……ジャックさんって……軍務大臣のご令息の……）

確か入学式の際、エドワードがそう口にしていたことを思い出した。

その思考は、生徒会室に入室した途端中断する。

「わあっ……」

ユフィは思わず声を上げる。生徒会室はまるで宮殿のように豪華な内装が施されていた。

金色の装飾がちりばめられた壁、クリスタルのシャンデリア、そして背の高い本棚には多数の本が整然と並んでいる。ヴェルヴェットのソファはまるで王族が座るようなもので、天井まで届きそうな窓からは暖かな陽光が差し込んでいた。

そんな豪勢な部屋の中心に設置された、大きな大理石のテーブルには先客がいた。

「ユフィ・アビシャス。本来であれば、平民のお前がこの部屋に足を踏み入れることなどあり得ないのだからな。しかと目に焼き付けておくがいい」

「ちょっとエドワードくん。そんなキツい言い方ないでしょう？」

「ふん。事実を言ったまでだ」

エドワードとエリーナだった。絵にして飾りたくなるような二人のやりとりを目にして浮き彫りになるのは、自分はここにいるべきではないという、後ろめたい気持ち。

（お、おうちに帰りたい……）

それが実家なのか、シンユーの待つ寮の自室なのかはさておき。

自分とは住んでいる世界の違う、圧倒的な場違い感にユフィは今すぐ逃げ出したくなっていた。

「ほら、ユフィちゃん、怖がってるじゃない。ごめんね、エドワードくん、昔からこんな感じなの」

エドワードを諌めつつ、エリーナは立ち上がってユフィのそばに歩み寄る。

「あっ……あの……ごめんなさい私なんかが……」

圧倒的な聖のオーラに思わず後退りしてしまうユフィ。

そんなユフィの手の甲に、エリーナは自分の掌を静かに重ねた。

「ユフィちゃんが謝ることなんて一つもないわ。むしろこちらこそごめんなさい。急にこんなところに呼び出して、びっくりしちゃったよね」

その声は優しさに溢れていて、言葉にならない安心感をユフィに与えてくれる。

「大丈夫よ。気負わず、リラックスするといいわ」

ぎゅっと勇気づけるようにエリーナが手を握ってくれる。

ひんやりとした指先から、じんわりとした温もりが染み渡ってきた。

「エリーナさん……」

ユフィの頬が緩む。エリーナの笑顔は温かく、まさに聖女そのもの。

ユフィの内に渦巻いていた不安がすっと溶けてゆき、強張った身体が少しだけ和らぐ。

(あっ、そうだ!)

忘れないうちにと、ユフィは背負っていたリュックからゴボウ×四を取り出す。

「あら、これは？」

「ゴボウです。私の村の特産品でして、その……皆さん良ければと……」

「まあ……」

エリーナが頬に手を当てる。

「そのゴボウ、とても美味しいよ。瑞々しくて、シャクシャクしてて、僕のお気に入りになったよ」

以前、一足先に食べてくれたライルが補足を入れてくれる。

「そうなのね。ありがとう、嬉しいわ。ありがたく頂戴するわね」

そう言って、エリーナは嫌な顔ひとつせずゴボウ×四を受け取ってくれた。

（ああ、エリーナさん、本当に優しい……）

生徒会室全体が、天使の揺籠《ゆりかご》に揺られているような空気になった。

「くだらねーことしてねえで、さっさと本題に入ってくれねーか？」

朗らかな空気を切り裂くように、ジャックがドカッとソファに腰掛けて声を上げる。

「こちとら放課後のトレーニングの時間を犠牲にして来てるんだ。無駄な時間は一秒たりとも過ごしたくねーんだよ」

「わかったわかった、そう焦らないで」

ライルは苦笑した後、深い吸い込みとともに目を閉じ静かに言葉を口にした。

「本来であれば会長を含め上級生たちのいる時に話をしたかったけど、あいにく外せない用事で不在だから、取りあえずは僕たちだけで認識を摺り合わせたいと思う」

ちらりと、ライルが誰もいない生徒会長席を見やって続ける。

（上級生たち……ということは、あと何人も目上の方がいるの……⁉）

そんな予想を立ててガクブルするユフィであった。

「皆に集まって貰ったのは他でもない。ユフィ・アビシャスの、生徒会入りについてだ」

本題に切り込むライルに、ユフィが不安げな瞳を向ける。

「大丈夫。皆には朝に集まって貰って、すでにユフィのことは話してある。昨日のフレイム・ケルベロスの一件のことも、ユフィが超上級クラスの攻撃魔法を使えることもね。尤《もっと》も、信用してくれているかどうかは、さておきなんだけど」

肩を竦めるライルに、ジャックが「ハンッ」と馬鹿らしげに鼻を鳴らした。

「ライルよ、お前、自分が何言ってるのか分かってんのか？」

「僕はいたって正気だよ？」

「フレイム・ケルベロスとの戦闘で、頭を打っておかしくなったんじゃねえか？」

「そのフレイム・ケルベロスを、ユフィが一瞬にして討伐するところを僕はこの目で見た」

真剣な表情で淡々と言うライルに、ジャックは舌打ちをする。

「やっぱり信じられねえな。エドワードとエリーナも、俺と同じ気持ちだと思うぜ？　なあ？」

「俺もジャックと同意見だ」

話を振られたエドワードは、腕を組んだまま平坦な声で言う。

「女である上に平民出身のユフィが攻撃魔法を使えるなど、俄《にわか》に信じられん。しかも、ライルをも凌ぐ超上級魔法を扱えるとなると、よっぽどだ」

エドワードに冷ややかな眼差しが向けられ、ユフィは気まずそうに目を逸らす。

一方のエリーナは微笑みつつも、困惑を露わにしていた。

「ユフィちゃん、嘘つく子じゃないと思うんだけど、流石にこれは少し……手放しで信じるとは、言えないかな、ごめんね」

二人の反応に、ジャックはほれ見たことかと言わんばかりに頷く。

「当然だよな。女の癖に攻撃魔法を使えるなんて、天地がひっくり返ってもあり得ないだろう？」

三者三様の言葉を聞いて、ユフィは心の中でしょんぼりとした。

ただでさえ猫背なのに、どんどん腰が曲がっていく。

（やっぱり、そうだよね……これが普通の反応だよね……）

一瞬、自分自身にも疑問が浮かんだ。

攻撃魔法を使えるなんて、実は全部自分の妄想で、本当は何も使えないんじゃないかと……。

（……違う、そんなわけがない！）

ユフィは頭を振った。ぐにゃりと曲がった背中が定規を差したように伸びる。

芽生えかけた疑問は掻き消され、一途な思いに変わった。

（確かに私は、勉強も、運動も、人と喋るのも、何もかもダメダメ……でも……）

ぎゅっと、ユフィは拳に力を込めた。

（七年間、毎日のように攻撃魔法の練習をしたあの日々は、決して嘘じゃないっ……）

ユフィにも、決して否定できないものがあった。

あわや森ごと焼き尽くしかけた火魔法。

うっかり湖を創ってしまい川の流れを変えそうになった水魔法。

地響きが起こるほどの雷を落としてしまい村の皆から『夕立が来る！』と勘違いされた雷魔法。

空に浮かんでいた雲全てを吹き飛ばし快晴にしてしまった風魔法。

ちょっぴり出力を間違えてこの国で一番高い山を作りそうになった土魔法。

それらは全部全部、本物だ。ユフィの双眸に力が篭る。

（攻撃魔法が使えるという事実は、はっきりと伝えないと……!!）

人が一人以上いる場面で声を上げるのは苦手なユフィだったが、勇気を振り絞って口を開く。

「あ、あのっ……」

「じゃあ、確かめてみたらどうだ？」

ユフィの言葉を遮って、ライルが挑発するように言う。

「なんだと？」

眉を顰めるジャックに、ライルは悪戯っぽい笑みを浮かべた。

◆

魔法学園といえば、広大な訓練場をいくつも保有していることでも有名だ。

それぞれの訓練場は巨大なドーム状の建造物で、その中は広々とした空間が広がっている。

壁面は特殊な魔法により強化されており、強力な魔法攻撃でも容易には崩れ落ちることがない。

そんな訓練場のフィールドに、ユフィとジャックが対峙していた。

（ど、どうしてこんな事に……）

天井から吊るされた巨大な魔法照明が、ユフィの強張った顔を照らす。

回想する。ほんの十分前、ユフィが攻撃魔法を使えることを疑うジャックに、ライルが提案した。

『ちょうど、訓練場が空いている。ジャック、お前がユフィと戦えば、真偽がわかるだろう？』

ジャックは『あ？　こんな小娘に俺の魔法を使えってか？　冗談じゃねえ！』と渋っていたが。

『いいのかい？　もし本当にユフィが攻撃魔法を使えるとしたら、ジャックは女の子を前にして敵前逃亡した臆病者ってことになるけど』

『なんだと⁉』

クワッと目を見開いてジャックは声を荒げた。

『そこまで言うならやってやろうじゃねえか！』

回想終了。

（うう……いざ人前で魔法を使うとなると緊張する……）

周りに何もない広い場所に立っているだけでソワソワしてしまうのに、人の視線があるとなればなおさらだ。この戦いは秘密裏に組まれているため、観客席にはライル、エドワード、エリーナの三人しかいないが、ユフィは緊張で喉の奥が熱くなっていた。

（それに……）

ちらりと、ユフィはフィールドを見渡す。確かに広い、が。

（加減しないと、訓練場ごと吹き飛ばしてしまう……!!）

そんなことを考えていたユフィにジャックが言葉を飛ばす。

「どうした？　恐怖で言葉も出ないのか？」

ジャックが好戦的に口元を歪めて言う。

「無理もねえ、何せ俺はライルに続いて学年次席の実力！　止めるなら今のうちだぞ？」

「い、いえっ、やめません！　精一杯頑張ります！」

ぺこぺことユフィは頭を下げて、戦いに対する決意を口にした。

「……ちっ、調子狂うぜ」

どこか居心地悪そうに、ジャックは頭を掻いた。

「ユフィちゃん、なんだか可愛いわね」

観客席で、エリーナがくすくすと笑みを溢す。

慈愛に満ちた瞳は、母親が砂場で遊ぶ我が子に向けるそれのようだ。

「そういえばライル君、ユフィちゃんが攻撃魔法を使えることは聞いてるけど、具体的にはどの属性の魔法を使えるの？」

「それは……」

少し考える素振りをして、悪戯っぽく笑いながらライルは言う。

「これからのお楽しみって感じかな」

「ええー、そこもったいつけるの？」

「エリーナ、やめてやれ」

ふんと、エドワードは鼻を鳴らした。

「答えられるわけないだろう、何せ、ユフィが攻撃魔法など使えるわけがないのだからな」

深く息をついて、エドワードは吐き捨てるように言う。

「さっさと終わらせてくれ。茶番を見ているほど俺も暇ではないんだ」

「大丈夫、失望はさせないよ」

「どうだか」

取り付く島もないエドワードに、ライルは薄《うっす》ら笑みを浮かべてからフィールドに一歩踏み出す。

「ルール説明をする！　試合開始後、自由に戦ってもらって構わない！　ただし、殺しは絶対厳禁！　訓練場が破損するような魔法も控えるように！　特にユフィ、重々留意してくれ！」

「はっ、はい！　気をつけます！」

「クソッ……舐めやがって……」

間接的に『ユフィの方が強い』という言い方をされて、ジャックの顔に怒りが滲む。

「勝利条件はどちらかが降参するか、僕の方で戦闘不能になったと判断した場合とする！」

「死なない限りどんな怪我でも治すわ〜！」

ぶんぶんと手を振って言うエリーナ。

（少なくとも、失望されないように全力でやらなきゃ……）

覚悟が決まる。ユフィの瞳に力が篭った。

「では、始め！」

ライルの号令で、戦いの火蓋が切られる。

「俺の強さを思い知らせてやる！　烈火嵐《ブレイズ・ストーム》！」

さっさとケリをつけるべく、ジャックは声高らかに魔法名を叫んだ。

突き出した両手から赤く燃え上がる炎が吹き出し、次々と火球へと変わる。

一瞬の間に生成されたのは五つの火球。

一年生の平均としては一度に生成できる火球は一つか二つ。

これだけで、ジャックが優秀な火魔法の使い手であることを証明していた。

「火球を五つも同時に、見事だ」

「さすが、学年次席ね」

観客席のエドワードとエリーナも、感心するように頷いている。

「せいぜい食らわないように祈るんだな！」

そう言ってジャックは両手を天井に向け、一気に振り下ろした。

五つの火球は空気を裂くように強烈な熱を放ち、そのまま一目散にユフィへと殺到する。

「ユフィちゃん！　避けて！」

エリーナが叫ぶ。この世界における女子は攻撃魔法を使えない。

故に、攻撃魔法に対する対処法は逃亡のみであった。

——そう、普通の女子であれば。

「水球《ウォーター・ボール》」

淡々とした表情で手を前に伸ばし、短く告げられた魔法名。

ユフィが伸ばした指先から瞬時に五つの水球が形成される。

それぞれ一抱えほどある水球は透明で青みがかり、まるで宝石のような美しさを放っていた。

「なっ……!?」

ジャックが叫声を上げると同時に、ユフィが手を振るう。

――瞬間、弾けるような炸裂音。

ユフィの水球は火球が放つ熱を吸収し、その力を内包したまま爆発。一瞬で空間を埋め尽くした蒸気は、直後に冷えて視界を覆った。生温く湿った感触が両者の頬を撫でる。

じきに視界が開けると、ユフィは無傷で服に焦げ跡ひとつ付いていない。

ただ地面には、溶けた火球の痕跡が五つ残っているだけだった。

それは、ジャックの放った火球を全てユフィが迎撃したことを意味していた。

静寂――。

自分の持ちうる攻撃手段の中では上位に位置する攻撃をいとも簡単に防がれたこと。

そもそも、女であるはずのユフィが攻撃魔法の一属性である、『水魔法』を使用したことに、この場にいた全員が驚愕していた。

「う、そ……」

エリーナが、目を限界まで見開き言葉を溢す。

「馬鹿な……だが確かにあれは、れっきとした水魔法……」

顎に手を添え、エドワードが考え込む。

「それも、一度に五つの水球を発現させた出力、そしてそれぞれ火球を寸分の狂いもなく撃墜したコントロール能力……素人の芸当ではない……」

動揺を孕んだ声で呟くエドワードに。

「ね、本当だったでしょ？」

ライルは悪戯が成功した子供のように笑った。

一方で、ようやく現実を認識出来たジャックが唇を震わせながら口を開く。

「お、お前……女装男子じゃねえよな？」

「な、なんで皆さん同じこと言うんですか！」

場の空気にそぐわぬツッコミをユフィがすると、ジャックはニヤリと好戦的な笑みを浮かべた。

「……どうやら攻撃魔法を使えると言うのは本当だったようだな……おもしれえ……」

自分の目で見たことは信じるタイプらしいジャックは、すぐさまユフィに向ける警戒度を引き上げ新たな魔法を発現させた。

「炎獣轟焔《ギガス・インフェルノ》!!」

声高らかに宣言される魔法名。

同時に、天井に向けて掲げられたジャックの両掌から赤く熱い炎が躍動し始める。

「あれはっ……!!」

エドワードがギョッと声を上げる。

瞬く間に発現したそれはただの炎ではない、獣の形を模した炎の巨像。

赤とオレンジが入り乱れ、灼熱が空気を揺らす。

炎獣は熾烈に轟き、炎の牙と爪をむき出して野獣のような獰猛さを放っていた。

「この魔法を俺に使わせたことを褒めてやる」

ニヤリと、ジャックが笑う。

「火、それは絶対的な強さの象徴……この力にガキの頃から魅せられて、今この瞬間まで磨きに磨きをかけたとっておきの魔法だ！　やれ！」

ジャックが吼え、両腕を振り抜く。

炎獣はまるで命を持つかのように、ユフィを捕食せんと凄まじい勢いで飛びかかった。

「あんなもの喰らったらひとたまりもないわ！　今すぐ棄権して！」

エリーナの絶叫が響くもむなしく、炎獣は凶暴に波打ち無慈悲にユフィに迫る。

その勢いは圧倒的で、炎の魔獣がユフィを呑み込もうとする様は底の無い恐怖を引き起こした。

――しかし、当のユフィはいたって平然としていた。

「岩石壁《ロック・シールド》」

淡々とした表情で手を前に伸ばし、短く告げられた魔法名。

その刹那、ユフィの両手の前に巨大な土の壁がゴゴゴゴッと現れた。

「なんだと……!?」

ジャックの驚声は、腹の底に響く地鳴り音によって掻き消される。

まるで一つの巨大な山脈のようにそびえ立った土壁が、巨大な火の獣を迎え撃った。

鼓膜が破れんばかりの轟音とともに、炎獣轟焔《ギガス・インフェルノ》は土壁に激突した。

「うおっ……!?」

爆発の衝撃でジャックが後ろに吹っ飛ばされる。

その衝撃は観客席にまで伝わりエリーナたちは思わず身を守った。

火獣の怒りに満ちた咆哮が響き渡り、そのまま土壁を破ろうとする。

しかし無情にも土壁は炎獣の全てを飲み込んだ。

その様子はまるで古《いにしえ》の巨人が小さき者を踏み潰すかのよう。

堅牢な土壁は一切の破損なく立ち続け、ユフィを攻撃から守り抜いた。

光と砂塵によって遮られていた視界がほどなくして晴れる。

「これ……現実？」

ぽつりと、エリーナが呟く。ユフィは無傷で、服に焦げ跡ひとつ付いていない。

ただ土壁に、大きな焦げた痕跡が残っただけ。

それが、全てを焼き尽くさんと発現した炎獣の証の名残だった。

「あり得ない……」

エドワードも現実を受け止めきれていない様子だった、そんな中。

「……三属性」

ぽつりと、ライルが呟く。

（ユフィが火と水の魔法を使えることは確認してたけど……それに加えて土魔法も使えるとは予想外だったな……）

攻撃魔法の基本属性は火・水・風・土・雷の五つ。

通常は一つの属性に集中し、極めていくのが一般的だ。その中でも才能を持ち魔法の鍛錬に相当時間をかけた者は二つの属性を使いこなすことができ、これはライルが該当する。

三つや四つとなると希代の才を持つ者の中でも選び抜かれた者しか該当せず、大半は王城の上級魔法師団に所属し国の盾として名を馳せていく。

……ちなみに、五属性全てを使える攻撃魔法師は、歴史上未だ観測されていない。

（全く、ユフィには驚かされっぱなしだよ……）

常識を超えた光景を見せてくれたユフィに、ライルはもはや乾いた笑いしか漏らせない。

（魔法学園一年生という若さで、三属性の魔法を操る女子、か……）

「いや、待てよ」

ぴたりと、ライルの息が止まる。

あまりにも馬鹿馬鹿しくて、思考することすらしなかった想像が頭に浮かんだ。

「まさか、これ以上の属性を持って……？」

一方のジャックは、よろよろ起き上がりながら絶望を表情に浮かべていた。

「馬鹿、な……」

十年近い時間をかけて極めてきた火の魔法。その集大成とも言える最上級の技を以てしても、ユフィにかすり傷ひとつ付けることが叶わなかった。あまりにも圧倒的な差。

しかもユフィはまだ、こちらに攻撃の手の内を明かしていない。

その事実が受け止められず、ジャックは呆然としていた。

「だ、大丈夫ですか⁉」

岩石壁《ロック・シールド》をサッと消して、ユフィがジャックの方へ駆け寄る。

「来るなボケ‼」

ジャックが叫び、ユフィはびくりと肩を震わせ立ち止まる。

「ご、ごめんなさい、少し出力を間違えてしまって……」

おろおろしながら謝るユフィの言葉に、ジャックのプライドがピシリと音を立てた。

「クソクソクソ‼　馬鹿にしやがって！」

ジャックは激昂した。

回復魔法しか使えない女子、平民上がりの見下すべき存在に、己の攻撃の全てを防がれた。

自分が今まで築き上げてきた魔法の全てを否定されたような屈辱。

胸中に業火の如き感情が爆発する。

（こんなふざけたやつに……認めねえ……認められるわけがねえ！）

怒り、悔しさ、負けたくないという気持ち。それらの激情はジャックに力を与える。

ジャックは立ち上がって、再び魔法を放とうとするが。

「ぐっ……」

ふらりと、ジャックの身体が揺らぐ。目の焦点が定まらず、今にも倒れそうになっていた。

「やめろジャック！　これ以上の魔法を使ったら反動が来るぞ！」

観客席からエドワードが叫び、ユフィはハッとする。

（反動……！　そういえば授業で習った……）

魔法を使いすぎると『反動』と呼ばれる代償が様々な不具合によって身体に現れるらしい。

らしい、というのはこの現象にユフィはまだ見舞われたことがないからだ。反動の症状としては頭痛や吐き気、ひどい場合は何日も寝込むことになり最悪は死に至ってしまう。

己の魔力のほぼ全てをつぎ込んだ特大魔法によってジャックの魔力は枯渇し、反動が来ているのだろう。

「もう、戦わせるわけには……!!」

聖女を目指すものとして、無理をさせるわけにはいかない。

「あ、あのあの！　もうやめにしませんか？　身体もしんどそうですし……」

「うるせえ舐めんじゃねえ！　こんなところで俺は負けるわけにはいかねえんだよ！」

（あああっ！　余計に火に油を注いでしまった！）

ユフィの制止など聞く耳持たず、ジャックは掌を前に突き出す。

「ファイヤ……」

「雷鳴弾《サンダー・シュート》!!」

「あべしっ!?」

（あ！　しまった！　つい！）

これ以上戦いを長引かせてはいけないと反射的に雷魔法を放ってしまった。出力をギリギリまで落として動けなくするくらいに止めるはずが、ジャックは立ったまま白目を剥いてしまう。

しんと再び静寂が舞い戻る。

一連の流れを見ていたエリーナとエドワードがもはや言葉を発せなくなっている中。

「ユフィ、君は……」

ふらふらとライルがユフィの元へ歩きながら、尋ねる。

「四属性の魔法を使えるのかい……？」

「い、いいえ……」

びくびくと怯えた様子で首を振った後。

「風乃守護《ソフト・ブリーズ》」

意識を失ってぶっ倒れようとしたジャックを、ユフィは風魔法でゆっくりと横たえて言った。

「ぜ、全部使えます……」


暗闇が包み込むように広がる洞窟。

滴る水滴の音だけが時折響き渡り、その黒々とした空間には不気味な静けさが漂っている。鳥肌を立てるほど冷たい空気が漂い、闇の中に点在する数々の岩石が洞窟の広大さを物語っていた。

その奥深くに立つ二つの影。

一つはフードを深く被ったシルエット、その顔は闇に飲まれ姿は定かでない。

彼の立ち姿はしっかりと地を踏みしめ、冷静な気配を放っている。

もう一つは漆黒の影から突如として現れる異形の存在。蠢くような闇そのものであった。

「フレイム・ケルベロスが倒されただと？」

闇からくぐもった声が響く。その声は驚きとも怒りとも取れた。

「生徒側の被害は？」

フードを被った男が静かに口を開く。

「ゼロ、です……」

「あり得ない」

今度は明確に、驚愕を滲ませた声。

「誰だ、誰がやったのだ」

影から鋭く問い詰められ、フードの男は唇を震わせて答える。

「ユフィ・アビシャスという女生徒です」

「ふざけているのか？」

突如として暗闇から炎にも似た光が飛び出し、男の手首から先を吹き飛ばす。

「ぐあああ！！？？」

男は地面に倒れ込み苦痛の悲鳴を上げた。続け様に男の頭を影が踏みつける。

「本当です……！　信じてください！」

男は涙と汗で顔を歪ませながら訴えた。

「確かに見たのです！　女子生徒が、フレイム・ケルベロスを倒すのを……!!」

一瞬だけ静まり返る影。ようやく男の頭を解放し、何か触手のようなものを伸ばす。

緑色の光が放たれ、男の手は見る見るうちに元の姿へと戻っていった。

「はあっ……はあっ……」

手を押さえて、男が息を浅くする。

「ユフィ・アビシャス……」

忌々しげな声。

「その者を捕縛しろ」

反論は許さないとばかりに影が強く言う。

「そして、生徒会の人間は残らず抹殺だ。なんとしてでも計画を遂行するのだ」

暗闇からの命令に、男は「わ、わかりました……」と返答を口にする。

「もし失敗したら」

ヒュッと影が伸びて、男の首を岩壁に押さえつける。

「かはっ……!?」

「次は首ごと焼き落とす」

それは冷酷な宣言であり、どうやっても避けられない警告だった。

恐怖と酸欠で生きた心地がしない中、男がこくこくと首を縦に振る。

会話はそれきりで、やがて静寂が到来する。

後には時折弾ける不気味な水滴の音だけが残された。

第四章　ゴボウは世界を救う

瞑想――それは、心の大海へと潜る旅。

五感を極限までシャットアウトし、自己と深く向き合う事で無意識の中に秘められた本質を解き放つ。言うなれば、忙しない日常の中で忘れかけていた真の自分との出会いの瞬間であった。

『ユフィ、何してるのー?』

「瞑想してるの」

『迷走ー?』

「ちょっと待って漢字が違う」

ジャックとの戦闘の夜。自室のバルコニーでユフィは瞑想していた。

もう何年も前、村の教会のとある信者が行っていた瞑想は、聞くところによると心を落ち着かせたり、自分の考えをまとめたりする効果があるらしい。

今日一日怒涛の時間を過ごして、頭の中が何百個もの飴を砕いて混ぜ混ぜしたみたいになっていたため瞑想をしてみようと敢行してみたものの……。

「ううん、迷走の方が近いかもしれない……」

心は落ち着くどころか、悩み事は増える一方であった。

ユフィの心を乱している事柄は明白だ。放課後の、ジャックとの戦いの顛末を思い返す。

気絶したジャックをエリーナが回復魔法で治癒した後、一旦全員生徒会室に戻った。

『と、いうわけで。ユフィが攻撃魔法を使えることは紛れもない事実だったわけだけど』

ライルがニコニコ顔で切り出す。

『この事実を踏まえた上で、ユフィの生徒会入りを検討してほしい。どうかな？』

すらすらと言葉を並べるライルの隣で、ユフィはビクビクと小さくなって無言だった。

先ほどあれだけ常識はずれの魔法を放っていた姿は見る影もない。強力な火魔法を使いこなすジャックよりも、大人数がいる空間の方がよっぽど脅威だ。

ライルの提案に対し、エドワード、エリーナ、ジャックの反応は以下となる。

『すまない、少し時間をくれ。頭の中を整理したい』

『ごめんね……私もちょっと現実を受け入れきれてないというか……』

『…………』

三者とも混乱をしていて正常な判断を下せない、とのこと。

『そうだね。普通、これだけのことを見てしまったら時間が必要だよね』

無理もない、今まで常識だと思っていたことがものの数十分で覆されたのだ。

まずはその事実を受け入れる時間が必要だと判断したライルは、ユフィに向き直って言った。

『というわけで、ご足労をかけて申し訳ないんだけど、明日の放課後にまた生徒会室に来てよ』

「アッ、ハイ、わかりました」

拒否出来るわけもなく、ユフィはこくこくと頷く。これで一旦、ユフィは解放された。

それからポーッとした心持ちで寮まで帰ってきて、自室のベッドに腰掛けた時にハッとした。

『私……とんでもないことをしてしまったんじゃ……』

回想終了。

「攻撃魔法を使えることが三人にバレてしまったし、ジャックさんには怪我を負わせてしまったし……あああどうしたら……」

悪目立ちすることを徹底的に避けていた（つもりだった）ユフィにとって、これは由々しき事態だった。思い描いていた学園生活はもはやガラガラと崩れ去っている。

周りに流されるまま動いた結果でもあるから自業自得と言えば自業自得なのだが。

「というより、私の攻撃魔法……凄かったんだ」

そんなわけがない、と一笑に付していた事態が現実になった。

自分の攻撃魔法は、相対的に見ても凄まじいものだったのだ。

今日戦ったジャックは、攻撃魔法に関してはライルに次いで二番目の実力者だったらしい。

それを聞いた時、申し訳ないが（本当に……？）と思ってしまった。ジャックが放った火魔法が、ユフィが初めて使ったそれよりもだいぶ出力の低いものだったから。

自分とジャックの攻撃魔法を比べた時、途方もない差があることは火を見るより明らかだ。

『女性で攻撃魔法を使える者は歴史上一人もいない。それどころか、五属性を使いこなせる者は男を含めても聞いたことがない。ユフィ、君は本当に凄いよ』

今日、ジャックとの戦闘を終えた後にライルが口にした言葉がリピートする。

俄には信じられなかったが、ライルの顔は嘘を言っているようには見えなかった。

「本来なら、喜ぶべきことなんだろうけど……」

夜闇に浮かぶ月を眺めるユフィの表情は微妙そのもの。回復魔法を学び、極め、聖女になるんだと胸に刻んでいたはずなのに、何故か攻撃魔法の方に注目が集まってしまっている。

不本意としか言いようがない。回復魔法は相も変わらずポンコツなのに。

「攻撃魔法の力が、せめて少しでも回復魔法に回ってくれたら……」

切に思うが、それは叶わぬ願いであった。

そもそも、女性で攻撃魔法を使える者は歴史上一人もいないのであれば……。

「どうして私は、攻撃魔法が使えるの……?」

それも、桁違いの出力の。

「わからない……」

思い当たる節は皆無。

初めて攻撃魔法を使った時、なんとなく頭にイメージを思い描いたら使えた。

難しいことなんて一つもなかった。だからこそ、周囲の反応が理解できない。

自分が使えるなら誰だって使えると思っていたし、大した力じゃないと思っていた。

ただでさえユフィの自己肯定感は地面よりも低い。何をやらしても無能だった自分が歴史上存在しないレベルの攻撃魔法を使えるなど、ピンと来るわけがなかった。

ユフィが攻撃魔法を使えることを受け入れられなかったエドワードたちと同じように、ユフィ本人も、自身の力の特異性を受け止めきれないでいた。

それどころか自分という存在が異質に思えてきて、形容しようのない怖さが……。

「はっ、いけない！」

思考がダークサイドに落ちてしまいそうな気配を感じ取って、ユフィは頭をブンブンと振る。

「と、とにかく、今は考えても仕方がない、よね……」

今日あった出来事は整理できた。あとは明日の自分に任せよう。

今後の方針は、生徒会室に行った時に決めたらいい。

ユフィはもうこれ以上深く考えないことにした。

『ユフィ、お腹すいたー』

隣にちょこんと座るシンユーが、抗議めいた目で言う。

「ああっ、ごめんね。そうだよね、そろそろ御飯の時間だよね」

ぐう、と胃袋が空腹のサインを奏でる。

そういえば昼から何も食べていないことを思い出す。

ずっと頭の中がぐるぐるしていて食事を忘れていた。

(晩御飯、買いに行かなきゃ……ううん、面倒だから今日もゴボウでいっか……)

立ちあがろうとしたその時。

「うごっ……⁉」

びき――――ん！

両足に電流が走った！　長時間胡座の姿勢をしていたことに加え、思考に没頭していたユフィは己の足がとうに限界を迎えていたことに気づかなかった！

「あっ……ぎっ……」

腰をやったおばあちゃんみたいな動きをしながら、ユフィはヨロヨロと立ち上がるも。

「うおおおおお足がああああぁぁぁっ……‼」

ゴロゴロゴロゴロ！

燃えるような痺れと痛みを放つ両足を宙に掲げてユフィはベランダで転げ回った。

(こんな時に回復魔法があれば……‼)

心の底から思うも無いものは無い。

一秒でさえ耐えきれない特大級の痛みに悲鳴をあげていると。

『ちょっと！　うるさいですわよ！』

隣の部屋の窓から鋭い女性の声が飛んできた。

「ひぃ！　ごめんなさい！」

いつものように誠意の土下座をしようとするも、両足の痺れが酷すぎてそれも叶わない。

申し訳ない気持ちを胸に懸命に口を閉じて、ずりずりと芋虫のように這いずって部屋の中に入る。

うつ伏せの体勢のまま、必死の思いで窓を閉めてユフィはようやく一息ついた。

夜もどっぷりふけているのに隣から奇声が聞こえてきたらそりゃ怒られる。

「今朝迷惑かけたばっかりなのに……うぅ……生きててごめんなさい」

またお詫びの印としてゴボウを献上しなきゃと思うユフィであった。

『ユフィ、大丈夫？』

「……大丈夫じゃないかも」

色々と大丈夫じゃない。両足も、今後のことも。だけど、時間は無情にも流れていく。

その流れに身を任せるしか無いと、ユフィは思う。シンユーが『大丈夫、大丈夫ー』とほっぺをぺろぺろしてくれて、ユフィは少しだけ心を落ち着かせた。


翌日の放課後、生徒会室の前。

相変わらず威圧感の凄い扉を前にして、ユフィはかれこれ十分くらいうろうろしていた。

（ううう、一人でこの扉を開けるのは勇気が……）

気配を消せる教室と違い、生徒会室には逃げ場がない。それどころか、昨日のことを思い出すと、どんな顔をして入ればいいのか余計に悩みが募るユフィであった。

（誰か、この扉を開けてくれるような人がふらっと現れないかな……）

うろうろうろうろうろ……。

「不審者ですか？」

「ひゃいっ⁉」

ビクウッとして声のした方を振り向く。

「ノ、ノアさん⁉」

色白の肌、水色の髪。長めに切り揃えた前髪から覗く瞳の色は深い森を思わせる緑色。

入学式の日、学園の裏庭で言葉を交わした上級生、ノアだった。

「また会いましたね」

ノアは先日と同じようなぼんやりとした無表情で右手を上げる。

「な、なぜノアさんがここに……？」

「なぜって」

おずおずと尋ねるユフィに、ノアはちらりと生徒会室の扉を見遣って言った。

「僕が、生徒会長だからです」

「へっ……？」


(本当に、生徒会長だったんだ……)

生徒会長の席に腰掛けるノアを見て、ユフィは思う。先日、緑生い茂る中庭でひとり優雅に読書を決め込んでいたノアを思い起こすと、らしくないと言うか。

しかし一方で掴みどころのない雰囲気や、何事にも動じなそうな佇まいは、上に立つ者の特徴を持っているようにも見えた。

「さて、皆集まったね」

パンッと手を叩き、いつものニコニコ顔でライルが言う。

部屋中央のソファにはライルの他に、エドワード、ジャック、エリーナ。

「そういえば、ハンス先輩はまだ遠征に？」

「はい。今頃、異国の地で大戦果を挙げてらっしゃると思いますよ」

ライルの質問に、ノアは淡々と答える。

言葉から推測するに、まだ生徒会のメンバーはいるようだ。

「じゃあ、今日はこの六人で進めようと思う」

（ああ、ついに始まるのね……）

ライルの隣でユフィは俯き、両膝の上で手をぷるぷるさせている。

昨日と比べて、生徒会室に漂う空気は鉛のように重い。

その原因が自分にあると思うと、床に穴を掘って隠れたい気持ちになった。

「今日の議題は、ユフィの今後についてどうするか、だけど、その前に……」

部屋にいる面々を見渡し、ライルはユフィの魔法を目撃した三人に尋ねる。

「皆、現実を受け止めることは出来たかな？」

その問いに最初に答えたのはエドワードだった。

「正直、女が攻撃魔法を使えるなど、今でも馬鹿げていると思っている。だがこの目で見た諸々の情報を踏まえると、ユフィ・アビシャスが攻撃魔法を使えるのは紛れもない事実。フレイム・ケルベロスを撃破したというのも、事実なのだろう」

微かに歯軋りしながらエドワードは続ける。

「信じたくないという気持ちはあるが、それは今まで常識だと思っていたことを理性が変えたくないと主張しているに過ぎない」

「つまり、認めると？」

「この後に及んで首を横に振ると、俺は盲目ということになるからな」

「うんうん、そうだよね、エリーナは？」

「私も、エドワードくんと同じかな。信じられないけど、ユフィちゃんが攻撃魔法を使うところを、私はこの目ではっきりと見た。それを幻か見間違いとして扱うには、流石に無理があるわ」

「ありがとう」

最後に、ライルがジャックに目を向ける。

「……俺は敗者だ。何も言う資格がねえ」

「ユフィが攻撃魔法を使えることは、認める？」

「俺はユフィと戦い、敗れた張本人だ。ここで認めねえと、俺は自分の魔法に嘘をついちまうことになる。それだけは……我慢ならない」

「ジャックらしいね。じゃあ三人とも、ユフィが攻撃魔法を使えることは認めるということで、話を進めさせてもらうよ」

その言葉に、ユフィはホッと胸を撫で下ろした。

「とはいえ……」

軽薄な笑みを消し、ライルは真剣な表情をノアへ向ける。

「この場で決定権を持つ会長には、まだユフィの魔法を見て貰っていない。なので、今から訓練場に移動して、会長にもユフィの魔法を……」

「その必要はありません」

今まで無言を貫いていたノアが言葉を口にする。

「良いんですか？」

ピクリと眉を動かしてライルは尋ねる。

「ライル、エドワード、ジャック、エリーナ……嘘をつくような立場の者は誰一人としていません。それを踏まえて、全員が同じことを発言しているとなると、今更僕がそれを確かめる必要もないです」

淡々と、そして確かな説得力を持った言葉が室内に響き渡る。この場にいる全員自分より下級生にも拘わらず、常に丁寧な口調のノアはどこか只者ではない雰囲気を纏っていた。

「僕は、貴方たちを信用していますから」

ノアの言葉に、生徒会のメンバーたちは真剣な面持ちで頷く。

その様子はまるで、見えない絆で結ばれているようであった。

（凄い、生徒会長っぽい……）

ほうっと息を吐いて、深く感心するユフィ。

その隣で、ライルはユフィにしか聞こえない声量で呟く。

「……光栄です、兄上」

（あにうえ……？）

頭上に疑問符を浮かべるユフィだったが、ノアが話を進める。

「議題内容を鑑みると、意思決定を優先するべきです。事は一刻を争いますので。僕としても判断材料を増やしたいので、それぞれのメンバーの意見が欲しいところです」

ノアが視線をエドワードに向ける。

「俺は、ユフィの生徒会入りには反対です」

腕を組んだまま、エドワードは説明する。

「前提として、ユフィが攻撃魔法を使えることを、今すぐにでも学園側に報告し国の判断を仰ぐべきです。攻撃魔法を使える女……そんな馬鹿げた存在を隠匿するのは、生徒会の役目ではありません。最悪、国家反逆罪に問われてもおかしくないかと」

（こ、こっかはんぎゃくっ……）

ぞぞぞっと、背筋に冷たいものが走る。

（でも、そう、よね……そうなるよね……）

ぎゅっと、ユフィは両手を握る。自分の存在は、異質だ。

学園はもちろんのこと、この国にどのくらいの影響をもたらすのか想像もつかない。

だからエドワードの言う通り、自分の処遇は大人に決めてもらう方が良いだろう。

しかし……。

――その力が露見した時、後ろ盾がないとユフィは……少し困った状態になるかもしれない。

ライルの言葉が脳内に反響する。

――なにしろ世界の概念を覆す存在そのものだからね。ユフィごと無かったことにしようとする者、君の身体の隅々まで調べ尽くして真相を究明しようとする者などは、当然のように……。

（いやだいやだいやだ！　人体実験だけは……!!）

鮮明なリアルさを伴って映し出される薄暗い実験室、冷たいベッド、太い注射器……。

「僕は、その意見に反対だね」

ユフィの妄想が広がろうとするのを、ライルの言葉が遮った。

「もし、ユフィが攻撃魔法を使えることが国中に知れ渡ったら……原理派の連中に、ユフィが何をされるかわからない」

ライルが言うと、エドワードは「その可能性は……捨てきれないが……」と口篭った。

「あの……原理派というのは……？」

ユフィがおずおずと尋ねると、エドワードが目を見開く。

「そんなことも知らないのか？　バレンシア教の基本知識の一つだぞ」

「ひいいごめんなさいごめんなさい‼　バ、バレンシア教については教会で少しだけ教えられたような気もします、けど……ただ本当に少しだけで、宗派があることも知らないですし、魔法に関しても、貴方たち平民は関係のない話だからと省略されました」

「これだから田舎者は」

エドワードが呆れたように息をつく。

「ユフィの住んでいた村の教育機関に、行政指導をしないとだね」

ライルは何やら怖いことを呟いたが、ユフィは聞かなかったことにした。

「いいか、そもそもバレンシア教の教えは、全ての生き物や自然との調和と共生を重んじること。全ての存在は神から授かった命として尊重し、守るのが信者の責務だと考えられている。ここまではいいな？」

「は、はいっ。教会で教わりました」

二人のやりとりを見たライルが微笑ましいものを見るように言う。

「エドワードって、言葉は強いけどなんだかんだ面倒見いいよね」

「共通言語を揃えないと話が進まないと判断したまでだ。話を戻すと、バレンシア教には複数の宗派が存在する。その中でも主要な二つ、原理派と穏便派が存在していて、それぞれ異なる教義の解釈を持っている」

「ふむふむ……」

エドワードが人差し指を立てる。

「穏便派は教義を実直に解釈し、共生の精神を全ての存在に適用する。人間や自然だけでなく、社会的な位置や役割に拘わらず、全てを等しく尊重するという主張を持っているんだ。まあ簡単に言うと、争いを望まない平和主義者の集まりだな」

もう一本、エドワードが指を立てて言葉を続ける。

「対照的に、原理派は教義の一部を拡大解釈し、その教義を守るためならあらゆる手段を厭わないという思想を持っている。血気盛んで攻撃的な連中ということだな。中でも、『攻撃の術は男性のみに与えられる神からの授かり物である』という教義を強く信じている。つまり……」

重い空気を纏って、エドワードは核心的な部分に触れた。

「原理派の連中は、女であるユフィが攻撃魔法を使うという事実を絶対に受け入れない。最悪、ユフィは原理派から激しい敵意を向けられ、生命を脅かされる可能性もある、ということで……おい、どうした？」

「こ、殺さないでください……」

ユフィが目をうるうるさせながら悲痛な声を漏らした。

「殺すか！　そもそも、お前は簡単には死なないだろう！」

「あっ、確かに……」

フレイム・ケルベロスを瞬殺したユフィが、今気づいたかのような反応をする。

「それに俺は原理派ではない、穏便派だ。だからそう怯えるな……ええい、調子が狂う」

エドワードがガシガシと頭を掻いていると。

「大丈夫よ、ユフィちゃん」

いつの間にかそばにやってきたエリーナが、ユフィを優しく抱き締めた。

「私を含め、ここにいるメンバーは皆穏便派よ。貴方に危害を加える気がある人は、一人もいないわ」

「もう、様付けなんてやめましょう。ユフィちゃんは私の大事な友達なんだから、ね？」

「エリーナざあああん……」

「エリーナ様……」

エリーナの慈悲深い言葉にユフィは心打たれる。

物騒な話題が飛び交う中の唯一の優しさに、ユフィは吸い込まれるようにその身を預けた。

エリーナの豊満な胸は全てを包み込む柔らかさで、まさしく聖女のようで……。

「ああ……なんて可愛いの……このまま食べちゃいたいくらい……」

ぱっとユフィは顔を胸から離す。

「今、なんて言いましたか？」

「いいえ何も？」

エリーナから、慈愛とは別の何かを感じ取る。

そう、まるで豹がご馳走を目の前にしたかのような……。

「仲睦まじいのは良いことだけど、話を元に戻していいかい？」

「ああっ、ごめんねライル。ユフィちゃん、可愛くてつい……」

「可愛いもの好きなのはいいけど、我を忘れてユフィを家に持ち帰らないようにね」

「大丈夫よ。もう家にはブラックホールセラフィムとデーモンオーバーロードゴッドフェニックスがいるもの」

「そういう問題じゃ無いと思うけど。……まあいいや。それで、エリーナはどう考える？」

状況を飲み込めていないユフィを置き去りにして、ライルが尋ねる。

「うーん、私も、ユフィちゃんに危険が及ぶ可能性があるなら、明かさない方がいいと思うわ。でも……ユフィちゃんの力を学園や国に隠匿するのは、それはそれで良くないと思うし、うーん……」

顎に手を添えてエリーナは考え込むものの、どっちつかずと言った様子だった。

「ジャックは？」

「俺は敗者だ。何も言う資格がねえ」

「さっきからそれしか言わないね」

「敗者に口無しだからな」

「勝ち負けに関係なく、意見が欲しいんだけど」

「……俺はエドワード寄りだな。実際に戦ってみてわかったが、そいつの力は異常だ。正直、俺たちの扱えるような代物じゃないと思う」

「なるほどね」

考える素振りを見せてから、ライルは口を開く。

「僕としても、ユフィの力をずっと隠し通した方が良い、とは思っていない。皆の言う通り、ユフィの攻撃魔法がこの国……いや、ひいては世界に及ぼす影響は計り知れないからね。ただ明かすとしても、誰が敵で、誰が味方か……見極める必要はあると思っている。ユフィの身の安全も憂慮するのはもちろんのこと。下手したら、ユフィ以外のたくさんの人々の命が危険に晒される可能性もあるからね」

ライルの説明に、エドワード、ジャック、エリーナが何度も頷く。

「えっと……私以外に、というのは、どういう意味ですか」

「ユフィを襲撃して無傷で帰ってくる者はいない、ということだよ」

「そんな酷いことはしませんよ⁉」

「でも、正当防衛くらいはするでしょう?」

「そ、それは……そうかもしれません……私も、痛いのは嫌なので……」

ユフィとて聖人君子というわけではない。

降り掛かってくる火の粉を振り払う防衛本能はきちんと持ち合わせている。

もちろん、人を傷つけることには大きな抵抗感があることには変わりないが。

「うんうん、だよね。なんにせよ、血が流れるような事態はなるべく避けたい、というのが僕の意見かな」

これで話は終わりとばかりに、ライルはノアに目配せする。

「なるほど、皆の意見はわかりました」

初春の朝露のような声と共に、ノアはユフィに目を向ける。

「ユフィは、どうしたいのですか？」

「えっ⁉　私ですか……⁉」

急に訊かれて背筋がピンと伸びるユフィ。

「この議題の当事者はユフィです。なので、ユフィ本人の意思も尊重しないといけません」

「な、なるほど……」

言われてみるとその通りなのだが、この場に発言権など無いと思っていたユフィは返答に窮してしまう。皆の視線が集まって、体温が一気に上がる。

とてもじゃないが、考える余裕などなかった。

「大丈夫、落ち着いて」

ライルがポンと肩に手を置いて、穏やかな声で言う。

「大事なことだ。ゆっくり考えればいい」

「ありがとう、ございます……」

ライルの言葉で少し落ち着きを取り戻したユフィは、思考を深いところに沈める。

（私は、どうしたいんだろう……）

この学園で今後、どのような生活を送っていきたいのか。

前提として学園に入学したのは、回復魔法を極めて立派な聖女になるため。

（でも……それは本当の願い……？）

問いかけてみるも、しっくりとした感じがしない。次第に自分でも自覚していなかった、いや正確に言うと長らく忘れていた願望が浮き上がってくる。俯いていた視線が上がり、目に力が灯る。

ひとりでに口が開いて、言葉を紡いだ。

「私は……みんなと仲良く、平和な学園生活が送れたら、それで良いと思っています……」

エドワードとジャックが椅子からずり落ちそうになった。

「おいおい、随分と呑気なことを言うな？」

「ご、ごめんなさいっ、でも……本当に、それだけなんです」

聖女になりたい。それは手段であって、目的ではない。

ユフィの願いは、子供の頃から変わっていない、とてもシンプルなもの。

——ユフィちゃんって、いつもひとりだよね。

忌々しきこの言葉を撲滅するため。

つまりは、たくさんの友達に囲まれて、楽しく過ごすことであった。

「ふふ……ユフィちゃんらしいわね」

エリーナがどこか微笑ましそうに言う。

「では、それで決まりですね。一旦、ユフィの力については、生徒会で預かることとしましょう」

「いいんですか、会長？」

ノアの決定に、エドワードが声を上げる。

「ユフィの力は規格外です。原理派のリスクがあるとはいえ、ただの学生でしかない僕たちだけで扱いを決めるわけには……」

「エドワード」

視線を変えることなく、ノアは尋ねる。

「生徒会とは何でしょう?」

訊かれて、エドワードは言葉を詰まらせてから言う。

「……生徒の良き隣人であり、理解者であり、手を差し伸べる者です」

「その通りです。ユフィも学園の大事な生徒。その身の安全が脅かされるようなことは許されません。ですから、生徒会としては、ユフィを保護する方針を採るべきだと考えています。とはいえ、ユフィの持つ力の影響力を鑑みると、ゆくゆくは学園や国に報告するべきでしょう。しかしそれは今ではありません。先ほどライルが言ったように、誰が敵で誰が味方かわからない現状では、おいそれと明かすべきではないと考えます」

一呼吸おいて、ノアは続ける。

「とはいえ、この件を隠し続けるのも現実的ではありません。皆さんの口の堅さを信用していないわけでは無いですが、情報はいつどこで広まるかは誰にもわかりませんから。先日のフレイム・ケルベロスの出現も人為的可能性もある以上、この場以外の第三者から何かしらアプローチをされることも考えられます。それを踏まえると……ユフィの生徒会入りは、とても良い提案だと思います」

生徒会メンバーの視線が一斉にユフィへと向く。

「生徒会長として、ユフィ・アビシャスの生徒会加入を要望します。どうでしょうか、ユフィ?」

「え、えっと、あのっ……」

改めての提案にユフィは戸惑った。

一介の平民生徒でしかない自分が、ライルやエリーナといった天上人の集う生徒会に入る。

メンバーは全員、普通に生きていたら言葉を交わすことすら烏滸がましい人たちだ。

その事実に、わかりやすく怖気付いている。

（間違いなく私は場違い……そもそも、私なんかがいていいの……？）

後ろ向きな気持ちが胸いっぱいに広がって息が詰まってしまいそうだ。

そんなユフィの内心を察したのか、ライルがゆっくりと立ち上がって言う。

「ユフィが生徒会に入らないと、僕たちは君を守ることができない」

ゆっくりと、しかし確かな説得力を持った言葉が空気を揺らす。

「ユフィと同じように、僕たちも平和な学園生活を望んでいる。そのためにも、君がここにいてくれることが必要なんだ。自分の存在を小さくしないで。ユフィが生徒会に入ることは、間違っていないよ」

ライルの言葉で、心に纏わりついていた鉛が少しだけ軽くなる。

それでユフィはハッとした。

（私……怖いんだ……）

今まで誰かの輪に入れてもらえるなんて経験、なかったから。

入った後に、失望されるんじゃないか、期待はずれだと煙たがられるんじゃないかと、嫌な想像ばかりが頭に浮かんで尻込みしているんだ。

（でもそれだと、今までと同じ……）
村にいた頃と変わらず、ずっとひとりぼっち。
それはもう嫌だ。学園に来て、友達を作って、楽しい日々を過ごしたい。
その気持ちは、本物のはずだ。
（変わりたい……）
勇気を出せ。過去の自分を変える、せっかくのチャンスなのだ。
勢いよく、ユフィは立ち上がった。それから深く息を吸い込んだ。
震える手を、肩を、なんとか宥めて。今にも詰まりそうになる息をゆっくりと整えて。
思い切り頭を下げてユフィは叫んだ‼
「不束者ですが……よろしくお願いします‼」
……。
…………。
…………。
生徒会室に、水を打ったような静寂が舞い降りる。
頭を下げたままぷるぷる震えて、ユフィは顔を真っ赤にした。
（そんな大声で言う必要なかったでしょ私……‼）
「ようこそ生徒会へ！」
静寂を切り裂いたのはライルだった。

わっと手を振り上げ、明るい声で歓迎の言葉を送る。

「会長がそう言うなら、仕方がありませんね」

エドワードはやれやれといったように言う。

「俺は敗者だからな。何も言う資格はねえ」

ジャックは相変わらず同じセリフだが、口元には小さく笑みが浮かんでいた。

「これから生徒会の仲間ね！　よろしくね、ユフィちゃん！」

エリーナは新しい家族を迎え入れたみたいに、ユフィにぎゅっと抱き着いた。各々のメンバーの反応は、ユフィを生徒会のメンバーとして受け入れることをわかりやすく表していた。

そのことに、ユフィは魂ごと抜け落ちそうなほど安堵した。

（あ……いけない……）

目の奥が熱い。気を抜いたら涙が溢れてしまいそうだ。流石にこの状況で泣いてしまうのは空気が変になってしまうと、ユフィはエリーナの胸に顔を押し付けて涙を引っ込めた。

「あらあら、ユフィちゃん、甘えん坊さんなんですね～～」

エリーナがユフィの頭を優しく撫でる。何やら盛大な誤解をされているような気がするが、力が抜けきっていてもはや身を預けるしかない。

そんな朗らかな空気の中、エドワードが眉を寄せ口を開く。

「そういえば、ユフィが生徒会に入った表向きの理由はどうしますか？」

眼鏡をクイッと持ち上げて、エドワードは淡々と言う。

「僕たちはまだしも、ユフィが生徒会に所属する理由を他の生徒に説明するのは困難かと」

「あっ……」

ユフィが間の抜けた声を漏らす。

（た、確かに……こんな凄い人々の中に、なんの取り柄もない私が入ったとなったら……）

他の生徒からの非難は轟々、『なんであんな平民が……』と憎しみの視線を向けられ……。

（市中引き回しの上最悪火炙りに……!!）

「まあ、それは何とかなると思いますよ」

ユフィの不安を掻き消すように、ノアはさらっと言ってのける。

「幸運なことに、生徒会に所属しているメンバーは国内でもトップクラスの爵位を持っていますからね。上下関係が全ての貴族社会ですから、それっぽい筋の通った説明が出来れば、他の生徒たちは納得すると思います」

「それは確かに……そうだとは思いますが」

「論理を練り上げるのは得意ですよね？　頼みましたよ、エドワード」

半ばぶん投げに近いノアのオーダーに、エドワードは溜息をついて「わかりました」と言う他なかった。繰り返しになるが、貴族社会は上下関係が全てなのである。

「さて、今日のメイン議題はこんなものかな」

ライルが一仕事終えたように言う。

「これからは生徒会の通常業務になるから、ユフィはもう帰って大丈夫だよ。今後のユフィの生徒会での役割については、また纏めて明日以降に伝える」

「は、はい！　これからよろしくお願いしますっ」

ぺこぺこと頭を下げるユフィに、ライルは「あ、そうそう」とにっこり笑って言う。

「わかっているとは思うけど、僕たち以外の前で攻撃魔法を使うことはもちろん、使えることを誰にも公言しちゃいけないよ？」

声を低くして。

「下手にバレてしまうと……血を見ることになるからね」

背筋の凍るようなライルの威圧に、ユフィは「ひいっ」と声を上げる。

「こ、心に刻んでおきます……」

「うん、よろしく」

こうして、ユフィは生徒会入りする運びとなった。


夜、寮の部屋に響くのは、ユフィがゴボウサラダをつつくフォークの音。

「うん、美味しい……」

机の上でゴボウサラダを口に運ぶユフィが満足げに言う。

ゴボウサラダはミリル村の名物料理で、ユフィにとっての母の味と言って良い。

作り方は簡単だ。ゴボウをサッと洗って細かく千切りにし、水にさらしてアクを取る。

それから水気を切って熱したフライパンに投入し、ソースや酢、砂糖などで炒めると完成だ。

サラダと言いながら牛蒡《ゴボウ》しか使ってないじゃないかと侮ることなかれ。

一見すると地味な料理だが、ゴボウと、酢砂糖の甘酸っぱさとソースの香ばしさが絶妙に絡み合った味わいで、その食感と独特の風味が癖になる。

村出身で裕福ではないユフィの、節約の友でもあった。

「まだ、信じられないな……」

大皿に盛られたゴボウサラダをひとりでぽりぽり食べながら、自分が生徒会に入ったことを思い返す。

ユフィの言葉に力はない。ライルたちは歓迎してくれたものの、自分が生徒会に所属することの場違い感は未だに拭えなかった。

「私なんかが、本当に良かったのかな……」

『気を落とさないで』

ネガティブが炸裂しているユフィのそばに、シンユーがやってくる。

『きっと大丈夫だよ、なんとかなるよー』

いつも通りの明るさで言う全肯定シンユーに、ユフィの頬が綻んだ。

「うん……そうだね、そうだよね……ありがとう、シンユー」

『どういたしましてー』

シンユーを撫でると、胸を覆っていた曇天が少しずつ晴れていく。

一方で、ユフィの心の中には違う種類の温かな感情もあった。

たとえ攻撃魔法が目当てでも、自分に関わりを持とうとしてくれる人が出てきて嬉しい。

そんな、微かな喜び。これから生徒会でやっていけるのか、自分の攻撃魔法についてどんな扱いになるのか、悩みは尽きないが。

「なんとかなる、よね……なんとかならないと……」

ついには諦めのような、しかし一種の前向きさを持った声で言った。

それは彼女なりの納得と、ほんの少しだけ勇気を踏み出せたことによる、砂糖ひと匙分くらいの自信の表れであった。再び、ユフィはフォークを動かす。

「……ちょっと、作りすぎちゃったかも」

まだ半分くらいあるゴボウサラダを見て、ユフィはうぷっとなる。

台所にはまだゴボウサラダが余っている。

「そうだ、お隣さんにお裾分けしよう」

ユフィはぽんと手を打った。

これまでお隣さんには、奇行による騒音のお詫びとしてゴボウを二本献上している。

自分から部屋を訪ねて渡すのは無理なので、早朝、袋に包んでドアの前に「ゴメンナサイ」のメッセージカードと共に置いたところ、学校から帰ってくる頃にはゴボウは無くなっていた。

ちゃんと食べてくれたみたいで、ユフィはとても嬉しい気持ちになる。

「ゴボウを使った美味しい料理、もっと覚えよう……」

そう決意するユフィであった。

◆

「やっぱりなんとかならないかも……」

翌朝、ユフィは教室で胃を爆発させそうになっていた。

気を抜いたら朝ご飯のゴボウサラダが逆流してしまいそうな勢いである。

「なんであんな子が生徒会に……？」

「どんなコネを使いやがったんだ？」

教室の至る所で、ユフィにあえて聞こえるように展開されるひそひそ話。

ユフィが生徒会に入ったという噂は昨日の今日で電光石火の如く駆け巡り、全校生徒の驚きや困惑、そして嫉妬を生じさせていた。

「回復魔法もろくに使えない平民が生徒会なんて、場違いにも程があるわ……」

（うう……そんなの私が一番わかってるよう……!!）

耳に入ってくる囁きの一つ一つがユフィの心を千切りにする。

「一体なんの騒ぎだ？」

「エドワード様！」

ちょうど登校してきたエドワードをクラスメイトたちが囲む。

「エドワード様、説明してください！」

「どうして僕たち貴族ではなく、平民のアイツが生徒会に入ったんですか⁉」

もはや名も口にしたくないと言わんばかりに指を差されて、ユフィは思わず教科書で身を隠す。

エドワードは教室全体と、小動物のように震えるユフィを見回した後。

「なんだ、そんなことか」

眼鏡をきらりんと光らせて、顔色ひとつ変えず口を開いた。

「この中で、生徒会の理念を誦《そら》んじることのできる者はいるか？」

クラスメイトたちはお互いの顔を見やるも、やがて静まり返る。

「やはりな。良い機会だから覚えておくと良い。俺たち生徒会の理念、それは……」

右腕をしゅばっと天井に向けて、エドワードが吠えた。

「全ての生徒の良き隣人であり、理解者であり、手を差し伸べる者であるべし！」

おおっと、群衆からどよめきが起こる。

「……そのためには、俺たちのような地位や能力が高い者だけでなく、対極的な存在の気持ちにも寄り添わなければならない」

眼鏡をくいっと持ち上げて、エドワードは当然と言わんばかりに言葉を並べる。

「そこで、ユフィ・アビシャスの生徒会入りが決定した！　素行も悪く、回復魔法もロクに使えない、模範的名誉劣等生である彼女が生徒会に加わることによって、メンバーの視野は広がり、より多くの生徒に対する理解が深まるという算段である！」

　グサグサグサッ!!

　ユフィの胸に言葉の槍がブッ刺さる。

（確かにエドワードさんの説明は筋が通ってる……通ってるけど！）

　心が洒落にならないくらい痛い。

　要するに、位が高くて優秀な者ばかりじゃなく、そうじゃない者《ユフィ》も加入させることによってバランスを取ることが目的とエドワードは言っているのだ。

　ユフィの生徒会入りの建前としては、上位貴族であるエドワードが語っているのも相まって充分説得力があった。

「な、なるほど……」

「確かに、筋は通っているな」

　ユフィに批判的だった教室内の空気が変わり始める。

　出陣前の演説もかくやといったエドワードの振る舞いに、誰かがごくりと喉を鳴らした。

　止めとばかりにエドワードは言葉を放つ。

「そして、今回の決定を取り決めたのは……生徒会長のノア様である！」

「「ノア様が!?」」

　誰もがギョッと目を見開く。貴族社会は絶対的な上下関係社会。

　生徒会長を務めるノアも貴族として相当上位なのか、説得材料としての効果は絶大。

「ノア様が決めたのなら……仕方がないか」

「そうね、ノア様が言うのなら……」

「私たちにとやかく言う権利は無いわ」

もはや教室内において、ユフィに非難の声を上げる者はいなくなっていった。

ユフィの生徒会入りの噂と同じように、この件が他のクラスに広がるのも時間の問題だろう。

一仕事終えたようにエドワードが「ふっ」と鼻を鳴らし、ユフィの席へと向かう。

心が抉られ瀕死状態のユフィに、エドワードは『ちゃんと説明したぞ、感謝するんだな（キリッ）』とでも言いたげな瞳を向け、自分の席についた。

「流石に、さっきのはひどいんじゃないかしら？」

呆れた様子のエリーナがやって来て、エドワードに非難めいた調子で言う。

「ふん、ノア様から与えられた使命を遂行したまでだ」

「劣等生は言い過ぎでしょう」

「『名誉』と付けただろう」

「名誉生ゴミと言われて嬉しい人はいないでしょ？」

「なんにせよ、ユフィの生徒会入りによる混乱は収めることができた。感謝されこそすれ、恨まれる筋合いはない」

「むむ……もう少し別の言い方もあったと思うんだけど」

納得のいっていない様子のエリーナに、エドワードはわかっていないないなと言わんばかりに息をついた。

「貴族はプライドの高い生き物だ。あの場で迅速かつ、皆を納得させられる建前は、あくまでもユフィは『立場も能力も劣っている』、つまり自分たち貴族よりも下の存在である、という切り口で説明するのが手っ取り早かったんだ」

「な、なるほど、エドワードなりの気遣いだったたってわけね」

「……言葉選びについては、少々厳しかったかもしれない。そこは善処の余地があった、謝罪する」

居心地悪げに言うエドワードに、エリーナはやれやれと腰に手を当てる。

「本当、口が下手なんだから……って、ユフィちゃん、大丈夫？　なんか真っ白になってるけど」

エリーナに訊かれて、心のＨＰがゼロになったユフィが微笑みながら頭を上げる。

「エエ、エエ、ダイジョウブデスヨ。私は所詮、その辺を這うミジンコゴミムシなので。今更ナニヲ言われてもダイジョウブですよアハハハ」

「うん絶対に大丈夫じゃないよね」

エリーナが苦笑を浮かべていると。

「ユフィ」

いつの間にかやってきたライルが、静かに手を伸ばしてユフィの肩に手を置いた。

「ひゃうっ⁉」

急な接触で驚くユフィの耳元に顔を近づけて、ライルは小さく囁く。

「ユフィは凄い力を持っていると、僕を含め生徒会のメンバーは皆知っているよ」

ぽんぽんと、ライルが小さな肩を叩く。

「だから、大丈夫。自信持って」

「ライル様……」

はぐれた子供がようやく母親を見つけたみたく、ユフィの顔に明るさが戻る。

落ち込みやすい一方、褒められるとすぐに上機嫌になる単純なユフィであった。

「ライル様！　おはようございます！」

「今日もご機嫌麗しゅう、ライル様！」

そわそわした様子で、ライル目当ての女子がやってきた。

「おはよう、アンナ、ソフィ。今日も一段と美しいね」

「まあ！　ライル様にそう仰っていただけるとは、それだけで今日一日頑張れそうです！」

「本当にありがとうございます！　ライル様とお話しできた今日という日を、私は未来永劫忘れることはないでしょう！」

二人の女子は目を♡にし、興奮冷めやらぬ声でライルに話している。

「ははは、それは流石に大袈裟だよ。……そうだ。良い機会だし、生徒会の新メンバーのユフィを紹介……ってあれ？」

忽然と、ユフィの姿が消えていた。

「ユフィは？」

きょろきょろと辺りを見回すライルにエリーナが言う。

「ユフィちゃんならさっき、目にも留まらぬ速さで教室を出ていったわ」

「あー……」

何かを察したライルがぽりぽりと頭を掻く。

「ごめんよ、ユフィはちょっと恥ずかしがり屋みたいで……」

「そんな！　ライル様が謝るようなことではありません！」

「平民である方にも紹介の機会を与えるライル様のお心遣い、とても素敵でございます！」

「ありがとう。そう言ってくれると助かるよ」

ライルが微笑みを向ける。

すると二人の女子はハートを撃ち抜かれたみたいに卒倒しそうになるのであった。

一方、その頃……。

（うう……せっかくライル様が機会を作ってくださったのに……）

教室を出てすぐのところで、ユフィは自己嫌悪に溺れそうになっていた。

自分に話題を振られると思った瞬間、反射的に逃げ出してしまったのだ。

（人と話すのは、まだ難しいな……）

ライルやエリーナは向こうから話しかけてくれるためまだ会話ができるが、自分からとなると厳しい。十五年かけて身体を蝕んだ、ヒトトシャベルノコワイ病はまだまだ健在だった。

「いつか……まともに喋れるようになりたいな……」

ぽつりと、ユフィがこぼしたその時。

「……本当、ふざけてますわね」

明確な憎しみを孕んだ声。

「えっ……？」

周りをきょろきょろするも、こちらを見る人はいない。

（気の、せい？）

こてんと、ユフィは首を傾げるのであった。

◇

気のせいではなかったことは、昼休みにわかった。ざわざわと人通りの多い廊下にて。

（今日も中庭で食べようかな……）

人気のない場所で昼食を食べるべく、ゴボウサラダが入った弁当箱を抱えてトコトコ歩いていたユフィの前に現れたのは、一際華やかな装いの女子生徒。

後ろには取り巻きと思しき女子も控えていた。

（わぁ、すごい美人さん……）

思わず、ユフィの目が吸い込まれる。

先頭の女子は大きな縦巻きロールの髪型が特徴的で、ブロンドの髪がゴージャスに揺れていた。

大きな青い瞳は宝石のように輝き、顔立ちはまるで陶器の人形のように美しい。

制服は同じはずなのに、彼女が着ていると優雅さをより一層引き立てている。

（都会ってすごいなあ……それに比べて私は……地味だし猫背だし挙動不審だしううう……）

ユフィのネガティブが発動した、その途端。

ニヤリと、縦巻きロールの口元が歪んで――。

「おっと、足が滑りましたわ」

ゲシッとバケツを蹴飛ばした。どう見ても故意である。

その直撃コースには、ユフィがいた。

ユフィの視界がスローモーションみたいにゆっくりになって、情報が瞬時に入り込む。

（このまま躓《つまず》いて転んだら、他の人にぶつかって迷惑をかけて白い目で見られてしまう!!）

それは耐えられないと、反射的にユフィは手を伸ばす。低級の雷の魔法を放ってバケツを弾こうとしたのだ。しかし、一瞬の間にライルの言葉が脳裏を過った。

――僕たち以外の前で攻撃魔法を使うことはもちろん、使えることを誰にも公言しちゃいけないよ？

そう、人前での攻撃魔法の行使は固く禁じられている。攻撃魔法が使えることが生徒会メンバー以外にも露呈してしまえば――人体解剖コース一直線である。

（流石にそっちの方が嫌！）

伸ばしていた手を、ユフィは引っ込めた。

（ああ、ごめんなさい……これから私に追突される人……）

心の中で謝罪しつつ、ユフィはそのままバケツに躓こうとし「うおおおおおおおおおおおおおおおおおお危ないいいいいいいいいいいいいいいいい!!」

空気を切り裂く声と共に、ほとばしる炎がバケツを直撃する。

どこからともなくやって来たジャックが放った火魔法であった。

しかしちょっと出力を間違えたのか、バケツは派手に粉々に吹き飛び周囲に散らばった。

さらに不運なことに、炎は近くにいた縦巻きロールのお嬢様の髪に燃え移った。

「いやあああああああ!!　火事ですわ!!　火事ですわあああああああ!!」

自慢の縦巻きロールを炎上させながら縦巻きロールが走り回る。

「水球《ウォーター・ボール》！」

ばしゃあ!!

「わっぷ！」

すかさず現れたライルの水魔法によって、縦巻きロールの炎上は消し止められた。

「ふう、なんとか延焼は避けられたね。危ない危ない」

ライルが涼しい顔で言う。

「悪いな、手間をかけた」

「気にしないで。火魔法って調整が難しいよね」

「ちょっと！　いきなり何するんですの!?」

何事も無かったように言うジャックに、縦巻きロールが激怒の声を上げる。

なんだなんだと、周囲を歩いていた生徒たちが足を止めた。

「わりいわりい、少し調整を間違えちまった」

「悪いですむ問題じゃないですの！　見てごらんなさい！　私の自慢の髪が……‼」

縦巻きロールが頭を指差す。

そこには、それはそれは見事なアフロヘアが誕生していた。

「ミリア様……お髪《ぐし》が……ぷっ……」

「シッ……そんなこと言っちゃ……ぷぷぷっっ」

後ろに控えていた取り巻きたちも、突如出現したアフロに笑いを堪えきれない様子。

それが一層、縦巻きロール改めアフロの怒りを増幅させた。

「きいいい‼　お前たちまで私を馬鹿にして！」

ダンッと廊下を思い切り踏みつけてアフロはジャックに向けてビシッと扇子を向ける。

「たとえガリーニ家の令息であろうとも、由緒正しきクルクルヴィッチ公爵家の長女である私、キャサリンは貴方を許さなくてよ！　即刻、誠意ある謝罪とパーマ代を要求するわ！」

顔を真っ赤にしてジャックに詰め寄るアフロ改めキャサリン。

しかしジャックは一転して、瞳に冷たい感情を宿して口を開いた。

「髪をアフロにした件は謝る。パーマ代も出してやる、けどよ……」

ジャックの視線がバケツの残骸からユフィへ、そしてキャサリンに戻った。

「お前の方こそ、ユフィに謝った方がいいんじゃねえか？」

「な、何をですの？」

「とてもじゃねえが、足を滑らせたようには見えなかったぞ？」

ジャックの言葉にキャサリンの表情が一瞬強ばるも、ふんっと鼻を鳴らして。

「そう見えただけでしょう？　私は本当に足を滑らせましてよ。変な言いがかりはやめてくださいま……」

「僕も、ジャックの意見に賛成だよ」

事態を静観していたライルが、刺すような声で言う。

「故意にバケツを蹴って、ユフィをこかそうとしたように僕には見えたね」

「ライル・エルバート様……」

先程までの強気な姿勢から一転、キャサリンの顔に焦りが滲む。

「お、お言葉を返すようですが、本当に私は不注意で……」

「僕の目が節穴だったとでも？」

「い、いえ！　そのようなことは……」

貴族社会において上下関係は絶対。この国の第三王子であるライルを前にしては、有名公爵家の娘といえど虚言は許されない。ぎりりとキャサリンは歯軋りした。

「元はといえば、その女が悪いのですの！」

ライル相手では分が悪いと判断したキャサリンは、今度はユフィに扇子を向けて叫ぶ。

（わ、わたし⁉）

ぽかんと自分を指差すユフィに、キャサリンは罵声を浴びせた。

「回復魔法もロクに使えない平民のくせに！　生徒会に入れるなんてどう考えてもおかしいですの！　本来であれば生徒会に入るのは私でしたのに！」

鬼気迫る顔でユフィを睨みつけるキャサリン。澄んだ両眼には、燃えるような嫉妬と憎しみが滲み出ていた。その様子を見たライルは、「ああ、なるほど」と手を打つ。

「私怨で嫌がらせをするなんて、クルクルヴィッチ家の名が泣くよ？」

「平民の生徒会入りを許す方が、エルバート家の名折れだと思いますわ」

「ノア会長直々の判断に異を唱えるのかい？」

「流石にノア様といえど、此度《こたび》の判断には疑問を持たざるを得なくてよ」

針のような言葉が交錯し、キャサリンとライル間でバチバチと火花が散る。

（あああああっ、私のせいで……どうしようどうしようどうしよう！）

一触即発の緊張感に、ユフィがメンタルを崩壊させそうになる。

自分のせいで誰かが仲違いすることに、小心者のユフィは我慢ならなかった。

「け、喧嘩はやめませんか⁉」

空気に耐えられなくなったユフィが声を上げる。

思った以上に大きな声が出て、場がしん、と静まり返った。

「ほう……」

ライルが感心したように目を丸くする中、ユフィは口を開く。

「わ、私のせいで、こんなことになってごめんなさい。お詫びになるかはわかりませんが、これでどうか気を鎮めていただけると非常にありがたく存じます……」

そう言って、ユフィは弁当箱をキャサリンに差し出す。

「なんですの、これは？」

「私の生まれ育った村のゴボウで作った、ゴボウサラダです。きっと美味しいと思います……」

「ゴボウサラダ⁉」

キャサリンがギョッとする。

「あああっ、ごめんなさい、もしかしてゴボウは苦手でしたか？　でしたら今から購買に行って焼きそばパンとか買って来ますが……」

「クルクルヴィッチ家の名にかけて、そんなパシリのようなことはさせません！　というか、貴方でしたの⁉　私の部屋の前に毎日ゴボウを置いてたのは⁉」

「へっ……？」

予想だにしなかった言葉に、ユフィは一瞬思考を硬直させる。

しかしすぐに頭の中で、カシャカシャチーンとパズルが組み上がって。

「おおおおお隣さん⁉」

ユフィが生徒会のメンバー以外にゴボウを献上した人物というと、まだ見ぬお隣さんしかいない。

まさか目の前のアフロ令嬢が、自分が毎日のように騒音迷惑をかけていたお隣さんだったとはユフィはびっくり仰天する。

「ちょうどいいですわ！　貴方にはいつ苦情を言いに行こうか迷っていたところですの！」

ズビシイッと扇子を向けられてユフィは「あうっ」と萎縮する。

「や、やはりゴボウはお嫌いでしたか？　でしたら本当にごめんなさい……」

「違います！　ゴボウはとても味わい深くて食感もコリコリで普段胃にもたれる食事ばかりの私からするととても美味で毎日食べたいくらいで……って、それが問題じゃありませんの！」

「と、言いますと……？」

「渡し方が問題ですの！　朝、学園に行こうとドアを開けたら、震えた文字で『ゴメンナサイ』のメッセージカードと一緒に、ゴボウを祀る祭壇が目に飛び込んできた時の私の恐怖をお分かりでして⁉」

「だ、ダメでしたかっ？　個人的にはなかなかの出来栄えだと思っていたんですが……」

流石に、ゴボウだけを玄関の前にポンと置くのは良くないと思って、購買で購入した小さな祭壇セット（学園には他国からの留学生もいるため、宗教的な理由で売っているらしい）にゴボウを乗せて、騒音騒ぎのお詫びを意図した『ゴメンナサイ』のメッセージを添えたのだが。

「ホラー以外の何物でもありませんでしたわよ！　誰が持って来たのかも分からなかったですし、食べないと呪い殺されるんじゃないかと思って食べましたけど！」

「あっ、食べてくださったんですねありがとうございます、とても嬉しいです」

ペコペコと頭を下げるユフィに、調子を狂わされたキャサリンがずっこけそうになる。

「はあ……もういいですわ。怒るのも馬鹿らしくなってきましたの」

ゴメンナサイ

「な、なんだか呆れさせてしまったみたいで、ごめんなさい」

「とにかく！　今度からゴボウをくれる際には普通に渡してくださいまし。それと……」

頬をぽりぽり掻いてから、キャサリンは小さな声で言った。

「……今朝のゴボウサラダも絶品でしたわ。また暇な時にでも作ってくださいまし」

その言葉で、ユフィの顔がぱああっと明るくなった。

「はい！　もちろんです！」

それはもう嬉しそうにするユフィに、キャサリンが毒気をぬかれたように息をつく。

「さ、お前たち、行きますわよ」

「は、はいっ」

取り巻きを引き連れて、キャサリンはその場から歩き去っていった。

（ちょっと怖かったけど、ゴボウも、ゴボウサラダも食べてくれた……キャサリン様もきっと、良い人に違いないわ……）

そんなことを思いながら小さく手を振るユフィに、ライルが尋ねる。

「なんかよく分からなかったけど、二人とも、知り合いだったの？」

「知り合いではないですが、ゴボウの絆で結ばれていました」

「……？　やっぱりよく分からないけど、面倒事にならなくてよかったよ」

「ああごめんなさい私なんかがお手を煩わせてしまって」

「そんな、気にしないでいいよ。あれはキャサリン嬢のやっかみに近かったし、ユフィが謝ることは一つもないさ」

（ううっ……ライル様のフォローが眩しい……!!）

思わず目を覆ってしまいそうになるユフィであった。

「終わったんなら早く行こうぜライル。さっさと肉を食わねえと、朝のトレーニングで痛めた筋肉が治らねえ」

「相変わらず、ジャックは筋肉を虐めるのが好きだね。あ、そうだ」

今思いついたみたいな顔をして、ライルはユフィに尋ねる。

「ユフィも一緒に、お昼どう？」

「へっ……？」

◆

「あらあら、そんなことがあったのね」

先程のキャサリンとの一幕を聞いて、エリーナは労わるような声で言葉を溢す。

彼女の瞳は同情と慈愛に満ちた輝きを放っていた。

「災難だったわね、ユフィちゃん」

柔らかい手がユフィの頭を撫でる。エリーナの手は優しく、母の揺籠のように心地よい温もりがあった。ユフィはその手の感触に甘えつつも、ぎこちない表情を浮かべて言う。

「アハハ、ソウデスネ……」

ユフィの表情が硬いのは、今現在いる場所が原因である。

学園の特別食堂――そこは、上級貴族しか入室を許されない特別な場所。

天井には当然のごとく華麗なシャンデリア、机や椅子一つ取ってみてもひと財産築けるんじゃないかと思うほど豪華なもの。壁一面の窓からは庭園の緑が眩しく見えて、開放感と高級感を同時に味わえる最高のロケーション。ライルから昼食に誘って貰わなければ、ユフィは一生立ち入ることのなかった空間だろう。普段、昼食に使用している中庭とは打って変わって、煌びやかでゴージャスな雰囲気を楽しむ……事もなく。

（ゴボウを落として退学……は流石に笑えないいい……）

考古学者が古代遺跡に触れるような手つきで、ユフィは慎重にゴボウサラダを食べていた。

庶民のユフィからすると、テーブルにソースを溢してとんでもない額を請求されないかとヒヤヒヤである。

「本当はエドワードとノア会長も一緒に食べられたらよかったんだけどね。生徒会の仕事で来られないみたいだった」

涼しい顔で昼食を食べながらライルは言う。

その発言内容よりも、ライルが食べている食事内容にユフィは気を取られていた。

（私が今まで食べていたものは一体……）

そう思ってしまうほどの豪華な食事。

まず目に飛び込んでくるのは、金色に輝く海鮮パエリア。

程よい色合いで焼かれたライスの上にはエビ、帆立、イカといった海の幸が美しく盛り付けられていて甘く香ばしいサフランの香りが漂ってきている。

他にもしっとり柔らかそうな鴨胸肉のロースト、新鮮な野菜たちが彩り鮮やかに盛られたサラダ、金箔がちりばめられたチョコレートムースなど、とても学校で食べる昼食とは思えない一流シェフの作り出した特製コースが輝いていた。

問答無用で美味しそうな匂いが立ち上ってきて、ユフィの胃袋がキュッと音を立てる。

(これが……大金持ちのランチ!)

何もかもが規格外。ただただ圧倒され、驚愕するしかないユフィであった。

その一方で、別の緊張もあった。

(うう……なんだかそわそわする……)

家族と先生以外で誰かと一緒にご飯を食べるなんて、生まれて初めてのイベントだ。今までぼっち飯が当たり前だったたから、人と食事の時間を共有する際の振る舞いをユフィは知らない。

(無意識のうちに無礼を働いてないか心配過ぎる……はっ、もしかして私、食べるの早すぎたりっ⁉)

そんな心配が胸いっぱいに広がって、フォークを持つ手が震えるユフィであった。

「ところでユフィちゃん、お昼ご飯はそれだけ?」

エリーナが、ユフィのランチであるゴボウサラダを見やって尋ねる。

「あっ、はい、そうです」

「ダイエット？」

「というわけでは、ないですが」

「それだけじゃ足りなくねえか？」

山盛りに盛られた厚切りステーキを頬張りながら、ジャックも訊いてくる。炭火で丁寧に焼かれた大量の肉たちは脂身少なめで、まさしく筋肉を作るために摂取しているといった様子だ。

「今日は、（朝寝坊をしてしまって）これしかなかったので……」

ユフィの言葉に、エリーナが何かを察したようにハッとする。

「まさかと思うけどユフィちゃん、寮での食事もそれだけ……？」

「あ、はいっ。（家から持って来たゴボウがまだたくさんあるので）ここ数日、ずっとこれですね」

なんでもない風にユフィが答えると、場にいた三人がピシリと固まった。

それから自分たちの食べている豪勢な食事と、ユフィのそれを見比べて気まずそうな表情になる。

（え……私、何か変なこと言った……？）

ユフィがきょとんとしていると、エリーナが「うっ……うっ……」と涙を流し始めた。

「ユフィちゃん、食べ盛りなのに……よほど家計を切り詰めて、学園に入学して来たのね……」

ハンカチで目元を拭いながらそんなことを言うエリーナ。

「民が十分な食事を摂るよう尽力するのも王族の仕事のはず……まさか、こんな極限状態の国民がいたとは……今まで気づけなくてすまない、ユフィ」

ライルはまるで捨て子を見るような目をユフィに向ける。

「えっ、えっ……なんで私、謝られてるんですか？」

状況が飲み込めていないユフィの前に、スッと山盛り肉が差し出された。

「ジャックさん……？」

「食え。俺を倒した者がそんな貧相な食事をしているとなると、俺の沽券にかかわる」

「えええっ、そんな、悪いですよ！」

スッ……。

今度はパエリアと鴨ローストがやって来た。

「少ないけど、僕からも受け取ってほしい」

「ラ、ライル様⁉」

スッ……。

「私からも、お裾分けするわ」

「エリーナさんまで！」

目の前にどっさりと料理がやってきて、ユフィは目をまん丸にする。

「うっ……うっ……私の料理は、本来このような方に振る舞うべきのはず……」

後ろに控えていたシェフまでも、涙声でそんなことを言っていた。

（な、なんだか盛大に誤解されたような気がする……）

そう思ったユフィだったが、今更説明する空気でもない。

本来であれば皆の分の昼食を貰うのは気が引けたが、こんな豪華な食事を前にする機会など滅多にないし、何より皆の優しさを無下にすることはできない。

「で、では……ありがたくいただきます……」

半ば食欲に負けるような形で、ユフィはジャックから貰った厚切り肉を口に入れる。

「……!?」

瞬間、ユフィは目を限界まで見開いた。

噛み応えのある赤身肉の旨みが口の中いっぱいに広がる。下味のブラックペッパーのスパイシーさが肉の濃厚さを引き立てて、オニオンソースの甘さが後追いで包み込んでくる。食べ進めるごとに肉本来の旨みとソースの香りが混ざり合い、五感全てが肉の味に包まれるかのようだった。

もぐもぐごくんと飲み込んでから、ユフィは笑顔を輝かせて言った。

「美味しいっ……です……」

「当然だな！　うちのシェフの肉料理は絶品なんだ」

ジャックが腕を組んで満足気に言う。

「（そもそも野菜が好きなので）お肉なんて、本当に久しぶりです……」

そう言って二切れ目に手を伸ばすユフィを、エリーナが堪えきれないといった調子で抱き締めた。

「エ、エリーナさん……？」

「ううん、いいの、何も言わなくていい。今はゆっくりと、ご飯を味わって」

「は、はい……」

（な、なんだか……余計に誤解させちゃったような気がする……）

と思いつつも、抗えない優しさのオーラに包み込まれるがままユフィは肉を頬張る。

（今度お礼に、皆さんにもゴボウサラダを振る舞わなきゃ……）

身分不相応な昼食を食べながら、そんなことを考えるユフィであった。

◆

貴族のランチタイムは食事だけではない。

昼食を終えた後、ユフィはライルたちと一緒にティータイムと洒落込んでいた。

「お、美味しいっ……」

フルーティで芳醇な香りを放つ紅茶を一口飲んで、ユフィが感想を溢す。そもそも紅茶を飲む習慣がないユフィにとって、上級貴族の専属シェフが入れてくれた紅茶は複雑な美味しさだった。

「こんな美味しい紅茶、初めて飲みました」

「気に入ってくれたようで、良かった。それ、うちの家庭菜園で採れた茶葉だよ」

「えっ、家に紅茶畑があるんですか……？」

実家には、ゴボウ畑しかなかったのに。

「ふん、紅茶なんて洒落たもの飲みやがって」

ぶっきらぼうに言うジャックは紅茶ではなく、大きな木製のコップの中身をぐびぐびやっていた。

「ジャ、ジャックさんは何を飲んでいるんですか?」

尋ねると、ジャックはよくぞ聞いてくれたとばかりに身を乗り出す。

「これはな、筋肉スープだ」

「き、キンニクスープ?」

「塩胡椒で味付けしたスープに蒸した鳥を混ぜて作った、俺のオリジナルレシピだ! これを一杯飲むだけで、身体の筋肉が歓喜する」

「はあ……」

筋肉に縁がないユフィは首を傾げるばかりであった。

「まあ、お前には縁のねえ飲み物だわな」

ユフィの反応を見て、ジャックは苦笑しながらコップを傾けた。

その時、ユフィはハッする。口を開こうとして、閉じる。

しかし意を決したように唇をキュッと結んで。

「あ、あのっ」

「あ?」

「さっきは、その……ありがとうございました、助けてくださって……」

「ああ。んな大したことしてねーから、畏まる必要もねえぞ」

「そ、それでも、その……(普段人に気にかけて貰う機会なんて無いので)嬉しかった、です」

照れ笑いを浮かべながらユフィが言うと、ジャックは居心地悪げに頭を掻いた。

「……まあ、どういたしまして」

「あらあら、ジャックくん、随分とユフィちゃんに対して腰が低くなったじゃない」

エリーナがにまにま顔で言う。

「俺は自分より強い奴には逆らわねえって決めてんだ。強さは偉さだからな！」

「ふうん」

「ンだよその意味深な顔は」

「別になんでも～。ところでユフィちゃん、紅茶に興味があるの？」

「こここ紅茶ですかっ⁉」

エリーナが弾んだ声で尋ねてきて、ユフィはテンパる。

「えっ、あっ、えっと……」

ぶっちゃけ無い。そんなオシャンティーなもの、今までの人生で無縁だったから。

（で、でもここで、無いって言うのも申し訳ないような……でも嘘を吐くのも気が引けるし……）

ちらりと目を向けると、夜空に浮かぶ一等星を間近で見たような笑顔のエリーナ。

（ま、眩しい……‼　この顔を曇らせるのは罪悪感が……‼）

考えにかんがえに考えた末に、小さく一言。

「…………………………多少は」

「そうなのね！！！　じゃあ今度、私の家にいらっしゃるといいわ‼　我が家の庭園でも、たくさんの種類の紅茶を栽培しているの‼」

「いいいいい家に招待……⁉」

（それは流石にハードルが高過ぎる！！！！）

「……ダメ？」

（でもそんな目で言われたら！！！！）

「……………………………………………………はい」

「やった！　楽しみね」

胸の前で拳をぎゅっと握って、エリーナは絵にして飾りたくなるような笑みを浮かべた。

「きっと、ブラックホールセラフィムとデーモンオーバーロードゴッドフェニックスも喜ぶわ」

「あ、あの、前々から気になってたんですが、その、ブラックホール？　ゴッドフェニックス？　ってなんですか……？」

そろそろ確認しなければならない。

名前的にライオンとかワニの類な気がするが、もしそうだとしたら……。

（私は格好の餌……‼）

鋭い牙をずらりと並べたワニにぱくりんちょされる自分の姿を想像して、ユフィの背筋にぞぞぞっと冷たいものが走った。返答によっては訪問を熟考しなければならない。

「ブラックホールセラフィムはわんちゃん、デーモンオーバーロードゴッドフェニックスは猫ちゃんよ」

紅茶吹きそうになった。

「い、犬と猫なんです……？」

「そう！　二匹とも小さくて甘えん坊で、とても可愛いの！　はあ……早く会いたいわ……」

悲痛な運命によって切り離された恋人を想うみたいに頬に手を当てるエリーナ。

一方のユフィは頭上に『？』をいくつも浮かべて首を傾げていた。

「エリーナは少し、ネーミングがアレと言うか、変わっているよね」

ユフィの内心を察したライルが言う。

「ええー、可愛いじゃない、ブラックホールセラフィムとデーモンオーバーロードゴッドフェニックス」

「犬猫じゃなく邪神の類につける名前のような気がするよ」

こくこくこくこくとユフィは内心で勢いよく頷く。

「邪神だなんてひどい！　ジャックくんは分かってくれるよね？　この私の可愛らしいネーミングセンスを」

「興味ねえ」

「ほら、ジャックも可愛い名前だって言ってるわ」

「言ってねーよ！　耳腐ってんのか⁉」

やいのやいの騒ぐ三人の様子を見て、ユフィの口元が緩む。

（仲良しで、いいなあ……）

同じ王侯貴族同士と言うことで、三人とも古い付き合いなのだろう。

長い時間かけて育まれてきた絆ゆえの空気に、ユフィは純粋に眩しさを覚えた。

(この場所に、私は居ていいのかな……)

ふと、そんなことを考えてしまう。

(そもそも私は、攻撃魔法が凄いから生徒会に入れてくれたのであって……)

自分に人間的な魅力があったから、という理由では決して無い。

(攻撃魔法がなかったら、私なんてただの根暗で面倒臭い女なのに……)

いくら攻撃魔法が使えたとしても、人間性の部分で呆れられないかという不安が湧き上がってきて、胸の中を真っ黒にしていく。この場所に自分が混ざっていること自体、喉に魚の骨が引っかかったような異物感があった。

「ユフィ、どうかした?」

「え?」

「ボーッとしてたけど……」

「いいいいえ!　どうもしてないです!」

「そっか、ならいいけど」

ライルの気遣いが温かくも、胸が痛くもあった。

こんな良い人たちのそばに自分が居ていいのかという後ろめたさが、ぐるぐると頭の中を渦巻く。

(私なんかが烏滸がましい、それはわかってる、けど……)

優しくて、自分を気にかけてくれる人のそばに、少しでも長くいたい。

そう願ってやまないユフィであった。

◆

学園からそう遠くない森の中。静まり返った木々を、月明かりが不気味に照らしている。

森の底では幾千もの落ち葉が濡れた地面にへばりつき、深みを増した銅色の絨毯のようだ。

そんな絨毯を取り払って、地面に描かれた魔法陣がひとつ。

陣の周りには熊や鹿などの動物の死骸が囲むように配置されている。

「深淵より召還せん、暗闇の底から破滅をもたらす者よ……」

魔法陣の外側に立ち、男――ゴルドーが手を翳して言葉を並べる。

「我が声に応えて発現せよ！　キング・サイクロプス！」

空気を震わせる声と共に、魔法陣が強烈な光を放った。

ほどなくして地が鳴り、巨大な影が姿を現す。

「やった……」

魔力の大量消費で息を切らしながらも、召喚が成功したことにゴルドーの口角が持ち上がる。

眼前に広がる世界を遥かに見下ろす巨体――危険度Aの魔物、キング・サイクロプス。

その体躯は山のように大きく、鍛え上げられた肉体は岩壁を思わせる。

肩から腕にかけては厚い筋肉が盛り上がり、その力強さは見る者を圧倒していた。

岩石のように強靭な四本の手には禍々しい金棒が握られており、赤く輝く双眸からは怨念の篭った凄まじい殺意を周囲に放っていた。

『グオオオオオオオオッ!!』

キング・サイクロプスの咆哮が森に響き渡る。

木々が怯えるように揺れ、森の動物たちが一斉に目を覚ました。

捻り潰さんとこちらを睨んでくるキング・サイクロプスだったが、ゴルドーの顔に焦りはない。

「森の支配者よ……」

キング・サイクロプスに掌を向け、力強く言葉を放つ。

「我に敬意を示し、我が命令に従え！」

その途端、ゴルドーの指が眩く光る。反して、キング・サイクロプスの目の輝きが徐々に落ちていった。今にも暴れんと殺意を撒き散らしていたキング・サイクロプスは、飼い主を前にした犬のように大人しくなる。じきにあたりは静寂に包まれ、ゴルドーは満足げに微笑んだ。

「『従属の指輪』か……このクラスの魔物にも有効とは、なかなかの上物を用意してくれたものだ」

中指に嵌めた魔道具――魔物を従わせる効果のある『従属の指輪』を見てゴルドーは言う。

改めてキング・サイクロプスを見上げて、ゴルドーは口元に歪んだ笑みを浮かべ言った。

「フレイム・ケルベロスを一撃で屠ったとはいえ、これには敵わないだろう……」

ざわざわと、再び森が不気味に揺れ始める――。

第五章　貴方だけは許さない

翌日、放課後の生徒会室。

「今日からユフィには、生徒会の仕事を手伝ってもらおう」

エドワードが眼鏡をくいっと上げて開口する。

ピリッとした空気の中、ユフィは勢いよく頭を下げて声を張った。

「ご、ご指導ご鞭撻《べんたつ》のほど、どうぞよろしくお願いしましゅ！」

（噛んじゃった、なんでいつも大事なところで！）

羞恥から顔を上げることが出来ずぷるぷる震えていると。

「そんな肩肘張らなくて良いよ、気楽にやろう、気楽に」

ライルがゆるりと言葉を紡いでくれて、ユフィの心に少しだけ平穏が戻ってきた。

「初日ですからね、緊張するのも無理はないでしょう」

会長のノアは相変わらず、穏やかな声でフォローを入れてくれる。

「ううう……毎度毎度、お気遣い頂いてすみません……」

顔を真っ赤にしてソファに座るユフィの隣に、エリーナがぴったりと密着してきた。

「ユフィちゃんはそのままでいいのよ。むしろ、そのままで居てほしいわ」

「あ、ありがとう、ございます？」

全肯定してくれるエリーナに感謝しつつも、距離がいつもより近い気がして首を傾げるユフィであった。

「話を戻して良いか？」

エドワードが低い声で言って、緩み切っていた空気が再び締まる。

「まずは、そもそもの生徒会の仕事について説明する。生徒会の仕事には、学内の制度の見直し、学校行事の取り仕切り、そして目安箱を通じて生徒たちからの要望を叶える、といったものがある。それぞれが、学園の運営に不可欠な役割を果たしている」

「ふむふむ……」

ユフィは懸命に頷きながら、メモ帳にエドワードの言葉を書き記していく。

「制度の見直しについては、学期初めということもあり特にない。学校行事も直近では一ヶ月先の五月祭だから、今議論するようなことは無いだろう」

「お、じゃあ帰って良いってことだな！」

ハンモックに寝転がってつまらなそうにしていたジャックが、水を得た魚のように起き上がる。

「よおし！　今日はトレーニングの時間がたくさん取れ……」

「と、言いたいところだが、目安箱に要望が入っていた」

エドワードの無慈悲な言葉に、ジャックがハンモックからずり落ちそうになる。

「ンだよ、期待して損した」

不貞腐れた子供のように言うジャックをスルーして、エドワードが掌サイズの紙を読み上げる。

「要望内容は『寮で飼っていた子犬が、裏山で散歩中に逃げてしまったので探して欲しいです』というもの。子犬の大きさは両手に乗るくらいで、色は茶、犬種はミニチュアダックスフントということだ」

エドワードが読み上げると、ライルはぴくりと眉を動かす。

「それだけ？」

「だな」

「差出人の記載も特になし？」

「無い。ただ、見つけた場合は生徒会で保護してほしい、と書かれている」

「なるほど……差出人の記載が無いのは、妙だな……」

ライルが意味深な表情で、顎に手を当てて考え込んでいると。

「今すぐ探しに行きましょう！」

バンッと机を叩いて、エリーナが立ち上がった。

「同じく子犬を飼っている私にはわかってしまうわ！　この目安箱に依頼を出した飼い主さんはとても引っ込み思案で、恥ずかしがり屋な子なの。でも、愛する家族の一人、ダークギャラクシーデストロイヤルドラゴンを見失ってしまった……なんとか探したい、でも頼れる人がいないと途方に暮れていたところ、生徒会の目安箱に縋り付くことにした……ええ、絶対にそうに違いないわ！」

熱量たっぷりで力説するエリーナの言葉に、生徒会室に静寂が舞い降りる。

「ダークギャラク……なんだって？」

エドワードが眉を顰める。

「ダークギャラクシーデストロイヤルドラゴン！　今、私が付けたの」

「分かりづらすぎる。仮名でジョンでいいだろう」

「ええー！　ひどい！　可愛いじゃない、ダークギャラクシーデストロイヤルドラゴン……」

エリーナがいじけた子供みたく、両方の人差し指をつんつんする。

「って、それはいいの！　とにかく、今頃飼い主さんが悲しんでいるのは間違いないわ。家族の一人が行方不明なの、もう気が気でなくて、泣きそうになっていると思う……」

「エリーナさん、わかります……」

悲痛な顔で言うエリーナに、いつの間にか涙目になったユフィがぽつりと呟きを漏らす。

「私も、猫を飼っているので……シンユーが突然、いなくなったらと思うと私……私……」

「ユフィちゃん……」

エリーナが感銘を受けたように、ユフィのそばに寄り添う。

「うんうん、ユフィちゃんもわかるよね……」

ペットを飼うもの同士、通じ合うものがあるのだろう。

ユフィとエリーナはお互いに手を取り合って結束を確かなものにしていた。

そんな二人に、エドワードは困ったように頭を掻いてから、助けを求めるようにノアへと視線を向ける。

「いいんじゃないでしょうか」

ゆったりとした口調でノアは言う。

「学園の生徒が困っていることは確かですし。生徒の悩みを真摯に受け止め、可能であれば解消するのが僕たちの役目です。それに……」

ノアがエリーナに目を向けて言う。

「ここで行かないと判断したら、一人で飛び出してしまう人がいそうですしね」

ノアの言葉に、エリーナが「バ、バレてる……」と言いたげな顔をした。

「わかりました……」

小さく嘆息してから、エドワードは言う。

「ではこれより、ジョン（仮名）の捜索を開始する」

くるりと、エドワードがユフィに向き直る。

「当然、ユフィにも手伝って貰うが、いいな?」

「は、はい！　お役に立てるよう精一杯頑張りたく存じます！」

こうして生徒会一同、失踪した子犬ジョン（仮名）を探しにいく流れになった。

……ライルだけが、最後まで眉を顰めて何かを考えている様子だった。

学園の背後に広がる裏山はリフレッシュの場として知られていた。

木々の密集度はそれほど高くなく、山という割には明るく開けている。

先日、フレイム・ケルベロスが出現したエリアからは反対方向に位置しており、休日には生徒たちが運動がてら散策する光景がよく見られるだろう。

「くそっ、今日は早く帰れると思ったのによ」

本来、訪れる際は楽しい感情になるはずの裏山で、ジャックは不満げに文句を溢していた。

「悪態ついてないでしっかりと探せ。たかが子犬探しといえど、れっきとした生徒会の仕事なんだからな」

エドワードがちくりと言うと、ジャックは「わーってるよ」と渋々ながら答えた。

目安箱の要望に沿って、ユフィ、ライル、ジャック、エドワード、エリーナの五人が手分けして子犬を探すことになった。ノア会長は書類仕事があるからという理由で生徒会室に残っている。

「裏山は結構広いからね、根を詰め過ぎずじっくり探そう」

先頭をゆっくり歩くライルが涼しい表情で言う。

そんな中、ユフィはシンユーを頭に乗せて一生懸命子犬を探していた。

(私が一番乗りで子犬を見つけることができれば……)

きょろきょろと辺りを見回し、目を凝らしながら想像する。

『ジョンを見つけました！』

子犬を掲げるユフィを、生徒会の皆が取り囲む。

『おお、偉いぞユフィ！』

『よくやったわね、ユフィちゃん！』

『一番期待していなかったが、たまにはやるじゃないか』

『やったぜ！　おかげでトレーニングが出来る！　でかしたぞ、ユフィ！』

「うふふ……うへへ……」

おっといけない涎が。口元をぐしぐしすると、『うにゃっ』と頭上でシンユーが鳴いた。

「本当、可愛いわね」

エリーナが目を細めて、シンユーを撫でていた。

「確か名前は、シンフェニックスクラッシャードラゴンだったかしら？」

「シンユーです」

ユフィが訂正すると、エリーナは「そうだったわね」と柔らかく微笑む。

もはやユフィは、エリーナのネーミングについて深く考えることはやめていた。

「シンユーちゃんの調子はどう？　ダークギャラクシー……じゃなくて、ジョンくん、見つけられそう？」

「えっと、どうでしょう……シンユー、何か見つけた？」

ユフィが尋ねると、シンユーはいつも通りのんびりした声で答える。

『んー、わかんない』

「…………えっと、もう少しでわかりそうかもしれない、らしいです！」

「まあ、そうなのね！　流石、ユフィちゃんが連れてきた猫ちゃん、とっても頭がいいのね」

「あは……あはは……」

冷や汗をダラダラ流しながら、ユフィは経緯を思い返す。

生徒会の皆が一旦裏山探索を決めた後、ユフィは寮に戻ってシンユーを連れてきた。

「同じもふもふなので、この子なら何かを察知して、ジョンくんを探せるかもしれないです」

今思い返すと奇行でしかなかったが、ユフィなりに役に立ちたいと考えた末の行動だった。

とはいえ、シンユーはあくまでも、ユフィのイマジナリーフレンドが憑依した存在。

脳内で会話が完結するため、正確なコミュニケーションが取れているとは言いづらい。

今のところ、エリーナがシンユーの可愛さに夢中になる以上の成果は挙げられていなかった。

「やっぱり、ユフィは面白いね」

ライルにも少しウケたみたいなので、少しだけホッとするユフィであった。

(と、とにかく、皆さんのお役に立たないと……‼)

心に強く誓い、ユフィは必死にジョンを探し回る。

しかしその熱意が仇となった。

「きゃっ……」

探すのに夢中で足元がお留守になってしまい、ユフィは木の根に足を取られて転んでしまう。

「ユフィちゃん！」

エリーナが驚いた声を上げ駆け寄ってくる。

一方、エドワードは「何をしているんだ……」と呆れた様子でユフィを見つめていた。

「大丈夫？　怪我はない？」

そばにいたライルが手を差し伸べてくれる。

「あ、ありがとうございます、大丈夫で……いたっ……」

軽くではあったが、ユフィは膝を擦りむいてしまっていた。

ちょうど石がある所でこけてしまったのか、皮膚がさっくりと切れて流血している。

「待ってて、すぐ治してあげるから！」

エリーナがユフィの膝に手を翳し、目を閉じてから、すうっと息を吸い込んだ。

「……癒しの神よ」

エリーナが魔法を唱えると、ユフィの膝が淡い光に包まれる。

次の瞬間には、ユフィの膝は元の綺麗な状態に戻っていて痛みも嘘のように消え去っていた。

（エリーナさんの回復魔法……凄い……）

「これでよしっと」

エリーナが満足げに頷く。

「あっ、ありがとうございます……お手間をかけさせて、本当にごめんなさい……」

申し訳なさそうに頭を下げるユフィの頭に、エリーナがそっと手を添える。

「気にする必要はないわ。私もよく、何もないところで躓いたりするもの」

（ううっ……優しさで胸が痛い……）

優しく撫でながらエリーナに慰められて、ユフィは申し訳なさで一杯になるのであった。

その後、気を取り直してジョン探しを再開する。

「このままじゃ埒が明かないから、手分けして探そう」

というエドワードの提案により、二手に分かれて捜索することになった。

ユフィはライル、エリーナと一緒に。エドワードはジャックと一緒に、という組み分けである。

「一刻も早くジョンくんを見つけて、飼い主の元へ送り届けなきゃ……」

瞳を真剣に細めて、エリーナは草の根を搔き分けるように捜索している。

（エリーナさん、本当に優しいなあ……）

思わず、ユフィは尋ねてしまう。

「エリーナさんは、なぜ聖女を志したんですか？」

なんら脈絡のない質問だったため、エリーナはきょとんと目を丸くする。

「あっ、あっ、ごめんなさい、エリーナさん、凄く人のために一生懸命になれて、凄いなって思って……聖女になりたいという気持ちも、そこから来ているのかなって思ったと言いますか、気になったと言いますか……ま、纏まっていなくてごめんなさい」

ユフィがテンパりながら言うと、エリーナは優しく微笑み言葉を口にした。

「私が回復魔法を学ぼうと思ったきっかけは……祖母が病気で苦しんでいるのを見て、何もできなかった無力さを痛感したから……って、これは、入学式の時に言ったわね」

「あああっ‼　ごめんなさいごめんなさい！　そうでしたねすっかり忘れててっ……」

（ばかばか私！　なんて失礼なことを‼）

ペコペコと頭を下げるユフィ。シンユーが『にゃにゃっ⁉』と驚いたように飛び降りる。

ふふっと、エリーナは可笑《おか》しそうに笑って。

「実はもう一つあるの」

「もう、ひとつ？」

ユフィが恐る恐る顔を上げると、エリーナは表情にシリアス味を滲ませて口を開く。

「ユフィちゃんは、アルティラフ病という病を知ってる？」

「あるてぃらふ……？」

「知らないよね。症例がとても少なくて、医学的な治療法は未だに確立されていない難病なの。五歳の時に、私はそのアルティラフ病に罹ってしまった……」

「ご、五歳の時に⁉」

ユフィはギョッとする。アルティラフ病という病は知らないが、エリーナが纏う空気から想像するに、とても重い病気なのだろう。四十度以上の高熱に連日浮かされて頭がカチ割れるように痛くなるとか、全身の穴という穴から血が噴き出してしまうとか……。

「その病気に罹るとね……」

ごくりと、ユフィは喉を鳴らす。

「……笑いが止まらなくなってしまうの！」

「…………えっ？」

素っ頓狂な声を漏らすユフィ。

「感染すると、とにかく笑いが止まらなくなってしまう奇病……究極《アルティラフ》の笑い病……朝から晩まで笑い続けてお腹が痛くなって、食事もまともに摂れなくなって……腹筋は攣っちゃうし、顎は痛くなっちゃうし、笑っちゃいけない状況でも構わず大笑いしちゃうしで、大変だったわ」

「な、なるほど……？」

確かに大変だ、大変そうではある、あるけども……。

（思ってたのと違う……）

釈然としない顔をするユフィに代わって、ライルが補足を口にする。

「確か、庭に生えてたキノコを食べたら罹ったんだよね」

「そうなのそうなの！　いやあワライトマラナクナルダケって、マッシュルームと似てるじゃない？　前日の晩ごはんがビーフシチューで、具材のマッシュルームが美味しかったから、つい……」

「ソ、ソウナノデスネ……」

（じ、自業自得じゃ……？）

えへへと頭を掻きながら言うエリーナの一方で、ユフィは脱力気味な真顔になる。

「幸い、命に関わるような病気じゃなかったから良かったんだけど、ずっと笑っているわけにもいかないし、腹筋がジャックみたいに割れてしまうのも嫌だから、お医者さんに見てもらったの。でも、さっき言ったようにアルティラフ病は薬や手術といったもので治る病気じゃなかった……。そんな中、当時の聖女様が家に来て、私に回復魔法を使ってくれたの。彼女の力で、私の笑いは一気に収まって、普通の生活を取り戻すことが出来た……」

懐かしむようにエリーナは続ける。

「あの時のことは今でも鮮明に思い出せるわ。笑い過ぎて何度も腹筋が攣って、呼吸困難になった私を、聖女様は優しく抱きしめてくれて、背中をさすってくれて……病状が病状だけあって、家族や友人たちはいまいち事態を重く受け止めきれない中、聖女様だけは、私を心の底から労ってくれた」

まるで大切な宝物を撫でるように話すエリーナの言葉に、いつの間にかユフィは聞き入っていた。

「その経験があって、私自身も聖女様になって人々を助けたい、そう強く思うようになったの。それが、私が回復魔法を学ぶもう一つの理由」

どうだった？　と言わんばかりにエリーナがユフィを見やる。

「お、教えてくださって、ありがとうございます！　とても、素敵なお話だな、と思いました」

病気の内容はさておき、実際に聖女様の奇跡を見て回復魔法に憧れるという動機には深く共感するものがあった。

ユフィ自身、子供の頃に村にやってきた聖女様の奇跡を目にして憧れを抱いている。

病気の内容はさておき（二回目）、エリーナの動機は純粋に利他的で、まさしく聖女様のような優しさが眩しくて……

（それに比べて私はなんて不純な動機で回復魔法を……!!）

「ちょっ、ユフィちゃん!?　溶けて無くなりそうになってるけど、大丈夫!?」

ユフィが自分の器の小ささに絶望して液体化している一方、ライルが口を開く。

「エリーナとは古い付き合いだからわかるけど、エリーナの聖女になりたいという信念は本物だよ。僕は心から尊敬している」

「もう、ライルったら、照れるじゃない」

ほんのり朱に染めた頬を掻くエリーナが、続けて口を開く。

「アルティラフ病は辛い病気だったけど、私の人生の指針を作ってくれた点においては良い経験になったわ。尤も……」

エリーナの顔に再び影が落ちる。

「後遺症までは治らなかったんだけどね……」

「こ、後遺症……？」

今度こそ、ユフィは身構え……。

「笑いすぎて笑いのツボもおかしくなったの！」

…………。

……………………。

「………………と、言いますと？」

「病気に罹るより前と後で、感性がズレてしまったの。大人数が面白いと思うものが面白く感じなくなったり、私が可愛いと思う名前が、他人からするとそうじゃないとか……」

「あっ……」

察し。

ブラックホールセラフィム、デーモンオーバーロードゴッドフェニックス。

ちょっと独特なエリーナのネーミングは、アルティラフ病の後遺症……。

「いや、エリーナのネーミングセンスがおかしいのは元からだと思うよ」

「えっ、そうなんですか？」

「小さい頃に飼ってたインコの名前、なんだっけ？」

「お寿司くんのこと？」

「インコに東洋のニッチな料理の名前をつける時点で、ズレてると言わざるを得ないんだよなあ」

「もうお寿司くんとはつけないと思うわ。そうね……今つけるなら、ロードメイルギルガメッシュとか……」

「方向性が違うだけで、おかしいことには変わりないね」

ライルに突っ込まれると、エリーナは不服そうに頬を膨らませた。

（エリーナさん、面白い人だなあ……）

清楚でお淑やかな、まさしく聖女みたいな方だと思っていたが、親しみを覚える部分もいくつも持っていて、欠点だらけ（と自分で思っている）のユフィとしては接しやすい。何はともあれ。

（私も、頑張らないと……）

ぎゅっと、胸の前で拳を握る。

エリーナの話を聞いてより一層、回復魔法の習得に精進したいと強く思うユフィであった。

それからしばらくジョンを探すも、一向に成果はなかった。

既に日は傾き、夕暮れ時といって差し支えない時間になっている。

「見つからないわね……」

エリーナが気落ちしたように言う。

「子犬どころか、野生動物一匹出くわさないな……」

ライルの表情は険しげだ。言葉の通り、犬はおろか動物一匹とすら巡り合えていない。

どことなく、不気味な感じがする。

(結局、今回も役に立たなかったな……)

成果といえば、錆び付いた古い金属ナイフと、綺麗なちょうちょを見つけたくらい。

ナイフは危ないので生徒会の清掃活動と称して回収しユフィが持っているが、ずっこけてエリーナに回復魔法を使わせた点を考慮すると迷惑分の方がずっと大きいだろう。

(ダメだなあ、私……)

とぼとぼと、肩を落として歩いていると。

『にゃあ……』

肩の上でシンユーが弱々しく鳴き声を上げた。

「どうしたの、シンユー？」

『ユフィ、もう帰ろう？　なんだか嫌な予感がするよ』

「嫌な予感……？」

今までずっと、ポジティブなことしか口にしてこなかったシンユーの弱気な発言に、ユフィは眉を顰める。冷静に考える。シンユーはイマジナリーフレンドで、いわば自分の自我の一つだ。

つまり……。

（私自身が、何か嫌な予感を……？）

「今日はそろそろ切り上げるか」

ライルが言った、その時だった。


――ドンッ‼


そう遠くない場所で、地面を揺らすような轟音。

『なん……⁉　どうなっ……⁉』

『……げろ！　……ジャ……ック！』

そしてどこからか、ジャックとエドワードの切羽詰まった声が途切れ途切れに聞こえていた。

「な、なに……⁉」

エリーナが驚声を上げると共に、再び轟音。

今度は夕日の方向から炎が上がる。

「どうやらただ事ではないようだね」

ライルが額に汗を滲ませて言う。

「えっと、これってあの炎が上がった所に急いで行った方がいいんですよね？」

ユフィが確認するように訊く。

何故かユフィは、シンユーをぎゅっと胸に抱いていた。

「もちろん！　ユフィ、エリーナ、早く行こ……」

「疾風滑翔《ゲイル・グライド》」

「「へ？」」

ライルとエリーナが素っ頓狂な声を漏らしたのは、突如として自分の身体がふわりと浮いたからだ。

どこからともなく発生した風が三人を薄く包み込んで軽やかに持ち上げる。

「なっ……なっ……」

「う、浮いてる……!?」

ようやく状況を理解した二人がジタバタするも、風の拘束からは逃れられない。

「目を閉じていてくださいね」

ばびゅん！

ユフィが言葉を放つと同時に、空気を裂くような音。

「うおっ……!?」

「きゃっ……!!」

二人の短い悲鳴を置き去りにして、ユフィたちは目にも留まらぬ速さで空を駆けた。

叩くような風が髪を乱し、衣服をはためかせる。

「わ、私……空を飛んで……いやあああああっ……!!」

エリーナの叫声に構わず、風は明確な意思を持って三人を運ぶ。

ほどなくして目的の場所に近づくと、ユフィは風を操りゆっくりと地面に降り立った。

「着きました！　恐らく今取れる手段の中で一番速い移動方法……って、大丈夫ですか⁉」

顔を真っ青にし息を浅くしているライルとエリーナに、ユフィが駆け寄る。

「だ、大丈夫よユフィちゃん、でも私、生きてる？　生きてるよね……？」

エリーナがペタペタと自分の身体を触りながら言う。

「風魔法を応用すれば空を飛べると噂には聞いていたが、まさか実現させるとは……」

ライルは息を浅くして、信じられないものを見たような顔をしていた。

「ご、ごめんなさいっ、ちょっと速すぎましたかね？　もう少しスピードを落とせば……」

「いや、よくやったよユフィ」

——思わず顔を顰めてしまいそうな焦げ臭さが鼻先をくすぐった。

平静を取り戻したライルが前方を見つめ、つられてユフィも顔を上げると……。

「ジャックさん！　エドワードさん！」

目の前に広がっていたのは、炎と煙に包まれた木々。

そして地面に倒れ伏し呻き声を上げる、エドワードとジャックの姿だった。

◆

「ああ！　なんてこと！」

エリーナが悲痛な声をあげて、ジャックとエドワードの元に駆け寄る。

すぐにライルとユフィも駆けつけた。

「くそっ……いてえ……」

頭から血を流すジャック。二人とも見るからに大怪我を負っていた。

衣服は無残にも引き裂かれ、血に染まっている。特にエドワードの方は意識がなく、胸から腹部にかけて深々と傷を負っていて地面を赤く染めていた。

「ひどい……」

思わず、ユフィが溢す。

ジャックとエドワード、自分を仲間として受け入れてくれた人が無残な状態になっている。

その事実を受け止めた途端、ドクンッと心臓が高鳴った。

（な、なに……？）

自分の意思と関係なく、急速に浅くなっていく呼吸にユフィは戸惑う。

そんなユフィを、シンユーがじっと見上げていた。

「しっかりして！　今すぐ治してあげるから……癒しの神よ」

エリーナがエドワードの治療に当たったその時。

『グオオオオオオオオオオオオオッ！！！！！』

身の毛もよだつような咆哮がビリビリと森に響き渡る。

その咆哮をあげた魔物は、手に持っている金棒でいとも簡単に木々を薙ぎ倒した。

「馬鹿、な……」

二人をこんな状態にしたであろう存在を認めたライルが、掠れた声で言葉を落とした。

山のように大きく、岩壁を思わせる鍛え上げられた体躯。

肩から腕にかけて盛り上がった厚い筋肉、岩石のように強靭な四本の手には禍々しい金棒が握られている。鋭い牙がむき出しになった口からはたっぷりと涎を垂らしており、赤く輝く双眸からは怨念の篭った凄まじい殺意を周囲に放っていた。

「信じられない！　キング・サイクロプスは危険度A級のモンスターだぞ！」

悲鳴にも似た声を上げるライルだったが、現実は無慈悲にも目の前に君臨し続けている。

危険度A級の魔物――それは、王国軍一個旅団を出動させてようやく討伐できるかどうかといったクラスの強敵だ。

通常は魔王城や魔王領の特に瘴気が濃いエリアにのみ生息しており、間違っても人間領の国のど真ん中に存在していいものではない。仮に遭遇した場合に取れる手段は全身全霊をかけて逃げること、それでも生存率は１％といかないだろう。

当然のことながら、ただの学生である生徒会のメンバーの手に負える相手では無かった。

「ジャック、一体何が起こってる⁉」

まだ意識のあるジャックに、ライルが詰め寄る。

「俺も、何が何だかわかんねえ……気がついたらキング・サイクロプスが現れて、それで……」

ジャックは唇を噛みしめると、キング・サイクロプスの方向を指差した。

「あの男が……」

見ると、キング・サイクロプスの足元にフードを被った男が立っていた。

（あれは……）

ライルが目を険しくする。男の指先に嵌められた魔道具には見覚えがあった。

（『従属の指輪』か……どうりで）

キング・サイクロプスは本来、目に映ったもの全てを蹂躙《じゅうりん》し尽くす獰猛な魔物。

しかし今はこちらを睨みつけながら『グルル……』と威嚇するだけで襲ってはこない。

一歩踏み出し、ライルは男に尋ねる。

「お前が、キング・サイクロプスを使役しているのか」

「ご名答」

パン、パンと、男はゆったりとした拍手をライルに贈る。

「友人二人は惜しいことをしたな。さっきの攻撃で大人しく死んでおけば、苦しみが長引くこともなかっただろうに」

「誰だ、お前は？」

男の言葉を無視して、ライルは鋭い声で訊く。

「ゴルドー」

「……聞いたことのない名前だ。見たところ人間のようだけど、魔王軍の手先か？」

「だと言ったら、どうする？」

ニヤリと、ゴルドーの口が歪む。

「……フレイム・ケルベロスを放ったのも、子犬がいなくなったなどと嘘の手紙を目安箱に入れたのも、お前か」

「察しがいいな。流石は第三王子と言ったところか」

ひゅう、とゴルドーは場にそぐわぬ口笛を吹き、フードを取る。

……痛々しい火傷の跡を顔全体に刻んだ、スキンヘッドの男が姿を現した。

「目的は何だ？　答えろ、ゴルドー！」

ライルが声を放つ。

キング・サイクロプスという絶望の象徴がいるにも拘わらず毅然とした態度を保てているのは、ライルのこれまで王族として鍛え抜かれた精神の賜物だろう。

「ベラベラと目的を話すと思っているのか？　第三王子は度胸はあれど、頭は足りてないようだ」

「訊くのはタダという言葉があるからね。それに、キング・サイクロプスを使役するほどの者に、度胸を誉められるのは光栄だよ」

余裕さえ感じさせる返答に、ゴルドーはクククと笑いを漏らす。

「そうだな、確かにその通りだ。だが……どうせお前たちはここで死ぬ。だから、冥土の土産に教えてやろう」

淡々とした声でゴルドーが続ける。

「人類と魔王軍の戦いが始まってはや千年……今は小康状態とはいえ、終結したわけではない。来るべき決戦に備え、魔王軍は着実に力を溜めている。それまでに、人類側の力を出来る限り削ぎ落とす。お前たちも、エルドラ地方で多くの魔物を討伐しただろう？　人間が魔王軍勢に対してやっていることを、俺たちもしているに過ぎない」

「なるほど……」

合点のいったようにライルが頷く。

「ただの学生風情にA級の魔物を充てがうなんて、俺たちも高く買われたものだね」

「本来であれば、フレイム・ケルベロスで事足りていたはずなんだがな。予想外の事態が発生した」

ゴルドーがライルの横に立つ、ユフィを見遣る。

「そういうことか……」

合点のいったようにライルは苦笑した。

「高く買われたのは、ユフィの方だったみたいだね」

――すっ、とユフィがライルの一歩前に出た。

「ユフィ？」

ライルの声を無視して、ユフィはゴルドーに問う。

「二人を傷つけたのは、貴方なの？」

その声には、ユフィが今まで出したことのない、凍てつくような冷気が漂っていた。

「見ての通りだが？」

ゴルドーは挑発するように笑う。

「そう」

ユフィは、エリーナが治療に当たっているジャックと、意識を失っているエドワードを順番に見遣る。その瞳に冷たいものを宿し、怒気の篭った言葉で空気を震わせた。

「貴方だけは許さない」

人が変わったようなユフィに、ライルは何も言うことができない。

一方のゴルドーはニヤついたまま言葉を続ける。

「貴様の存在は異質だ。それは認めよう。どこかに監禁して根掘り葉掘り聞き出したいところだが、それよりも貴様という脅威を排除する方が先だ」

ゴルドーが手を振り上げる。

「フレイム・ケルベロスを撃破したとはいえ、キング・サイクロプスは倒せまい！」

空に掲げた手を、ゴルドーはユフィの方に向けて言った。

「全員殺せ!!」

『グオオオオオオオオオオオオオオオオオオオオオオオオッ！！！！！』

大きく身体を震わせ、キング・サイクロプスがこちらに向かって突進してきた。

図体の巨大さの割に動きは速くみるみるうちに迫ってくる。

捕捉されたらもう逃げられない、そんな恐怖心を掻き立たせる迫力だった。

「皆！　俺たちを置いて逃げろ‼」

ジャックが叫ぶ。

「流石のユフィでもA級相手じゃ分が悪……」

「大丈夫」

ライルが落ち着いた声で言う。

「多分、大丈夫だと思う」

「渦雷爆《ヴォルテックス・ブラスト》」

ユフィが小さく呟いた途端、掌から突如として雷の渦が噴き出した。

激しく渦巻く雷はすぐに目視できないほどの雷光を放つ。巨大な蜘蛛の巣にもハリケーンにも見える雷撃は、目にも留まらぬ速さでユフィの手から飛び出した。

『クッ……？』

この場を支配していた者とは思えない抜けた声。

青白い閃光がキング・サイクロプスを飲み込む。

目を開けていられないほどの光量は、まるで天から神の怒りが降り注いでくるかのようだった。

「うおっ……⁉」

「きゃっ……!!」

バリバリバリ!!

空気を引き裂くような音と共に雷撃が巨体を貫き、全ての組織を破壊し尽くす。ライルが目を開けた時には、キング・サイクロプスの上半身が砕け散るようにして吹き飛ばされていた。

「────!?」

目も口も鼻さえも限界まで開き、ゴルドーは顔を驚愕一色に染めた。

それに対してユフィは。

「あら、案外柔らかいのですね」

つまらなそうに感想を口にするだけであった。

しかし次の瞬間、キング・サイクロプスの吹き飛んだ上半身がボコボコと音を立て始めた。

泡立つような速さで新しい筋肉が生まれ、血管や皮膚が広がり目が再形成される。その一連の動きは突如として水面に沸き上がる湧水のような、生命力の象徴のようだった。

「再生能力……!?」

エリーナが驚愕の声を上げる。

これまで見たこともない、A級モンスターの恐ろしい再生能力にただただ驚愕するしかなかった。

「ふふふ……キング・サイクロプスの真の恐ろしさはこの再生能力！　先ほどは意表を突かれたが、A級の名は伊達じゃない！　さあ、もう一度……」

「炎獄爆《インフェルノ・バースト》」

ゴルドーの御託なんぞ興味ないと言わんばかりに、再び呪文を唱えるユフィ。小さな手から巨大な炎が吹き出し、鉄をも溶かす熱波を纏いながらキング・サイクロプスの巨体を包み込む。

『グオオオオオオオオオォォォォォォォォォォォッ⁉』

断末魔の声を上げながら、キング・サイクロプスは地面をのたうち回った。

「馬鹿な！　そんな高出力の攻撃魔法を連続で撃ってなぜ涼しい顔をしている⁉」

ゴルドーが驚きの声を上げる。

ユフィが放っている魔法は明らかに、一つ一つが莫大な魔力を必要としている。

普通ならば魔力が枯渇し反動によりぶっ倒れるはずだ。

にも拘わらず、汗ひとつかいていないユフィにゴルドーは底知れぬ恐怖を抱いた。

（だがここで引くわけには……‼）

今度こそ成果を挙げなければ、命がない。

「ええい！　水脈衝《アクア・パルス》」

ゴルドーが叫ぶと、彼の手から大きな水の弾が飛び出しキング・サイクロプスを包み込む。

炎上していた巨体はじゅわわわっという音と共に鎮火した。

もくもくと水蒸気が舞い散る中で、キング・サイクロプスの火傷が癒えていく。黒焦げになっていた皮膚は再生し、裂けた部分は新鮮な肉で塞がれ身体は再び無傷の状態に戻った。

「無駄だ！　キング・サイクロプスの再生能力を甘く見……」

「旋風斬《トルネード・スラッシュ》」

再びユフィが魔法名を口にする。

ザンザンザンッ!!

刹那、巨大な刃となった風がキング・サイクロプスの首と四本の腕を跳ね飛ばした。

それぞれの断面から噴水のように青色の血が噴き出す。

「再生能力があるなら、その再生が追いつかないくらい破壊し尽くすのみ」

ユフィが淡々と言う。彼女の声は平坦で、触れたら凍ってしまいそうな冷たさがあった。

（本当に、ユフィちゃん……？）

ぞわりと、エリーナは思わず身震いする。今までユフィが纏っていたふわふわとして抜けていた雰囲気とは真逆の空気にエリーナは息を呑んだ。

「ユフィ！　そいつはおそらくゴルドーから直接魔力供給を受けている！」

ライルの声が割って入った。

「その男を倒さないとキング・サイクロプスは止まらない！」

ライルの言葉に、ゴルドーはギクリと表情をこわばらせるも。

「よく気づいたな。だがもう遅い！」

そう言って彼は懐から何かを取り出す。それは小さな石のようで、特殊な輝きを放っていた。

「あれは！　超高純度の魔石！」

エリーナが叫ぶ。

それは魔法師にとって、魔力を大量に供給することができる貴重なアイテムだった。

「そうだ！　これがある限り魔力が尽きることはない。少なくとも明日の朝まではな！」

ゴルドーが得意げに笑う。

「流石のお前でも耐えきれまい！　ふははははは!!」

――ひゅんっ!!

次の瞬間、ユフィの手から短く鋭い閃光が飛び出した。

ぱきんっという呆気ない音と共に、その閃光はゴルドーの手に握られていた魔石を粉々にする。

それからドスッと、後ろの木に何かが刺さった。

……先ほど、ユフィが回収した錆びついたナイフだった。

「……は？」

素っ頓狂な声を落とすゴルドー。

彼の頬から血が伝い、手からは粉々になった魔石の破片がこぼれ落ちた。

「岩石鎚衝《ストーンハンマー・インパクト》」

呆気に取られているゴルドーに構わず、ユフィがトドメの魔法を放つ。ゴゴゴゴと大地が震え、ユフィの頭上に巨大な岩石が出現した。ゴツゴツとしたその岩石はハンマーを模しており、天から降り注ぐ神の審判の如く、キング・サイクロプスに向けて振り下ろされる。

『グ……』

最期の言葉を遺す間もなかった。ゴキュブチュンッと生々しくも重苦しい音と共に、岩石ハンマーがキング・サイクロプスに直撃した。

風圧と衝撃波で周囲の木々が揺れ動く。

誰をも恐怖に陥れる畏怖の象徴が、上下方向に圧縮され地面にめり込む様は馬鹿げた夢のよう。

ユフィが手をサッと振ると、岩石ハンマーは光の粒子となって姿を消す。後には静けさだけが残された。地面に撒き散らされた青黒い血だまりのみが、先ほどまでキング・サイクロプスが存在していた証の全てであった。

「…………」

「…………」

「…………」

目の前で起こった光景に誰もが言葉を発せないでいる中。

「うっ……」

ユフィがふらつき、後ろに倒れそうになる。

「ユフィ！」

そんな彼女を、ライルが素早く抱き止めた。

「ユフィ、大丈夫？　気をしっかり持って」

「ライル……様？　わたし……なにを……？」

ユフィの声は小さく、朧《おぼろ》げだった。まるで、先ほどまで意識を失っていたかのような反応。

「ユフィちゃん、大丈夫、もう全部終わったから……」

エリーナもユフィに優しく声をかける。

ユフィは何度か目を瞬かせてキョトンとしていたが。

「皆さんが無事なら、それで良かったです……」

えへへと、先ほどまでの冷徹さを一ミリも感じさせない笑みを浮かべるユフィであった。

その間に、ゴルドーはこそこその場から離脱しようとしていた。虎の子のキング・サイクロプスを撃破されてしまったのだ。戦うという選択肢はもはや存在しない。

「あ、てめえ！　逃げんじゃねえ！」

ジャックが気づいて追いかけようとする。しかし。

「くっ……!!　霧幻影《ミスト・ファントム》!!」

瞬間、ゴルドーの姿が揺らめき、蜃気楼のように消え失せた。

攻撃魔法を組み合わせて応用した隠匿魔法だろう。キング・サイクロプスの存在感で霞んでいたが、ゴルドー自身も上位レベルの魔法師のようだった。

「くそっ、逃げ足の速い奴だ……」

悔しそうにジャックは悪態をつく。

後には、キング・サイクロプスとの戦闘の跡と、生徒会のメンバーだけが残された。

◆

状況整理とノアへ報告すべく生徒会室に戻った頃には、陽はすっかり暮れていた。

「なるほど、そんなことがあったのですね」

ライルから事の顛末を聞き受けたノアが、深刻そうな表情で言葉を溢す。

「俺が気絶している間に、とんでもない事態になっていたんだな……」

エドワードは腕を組み、眉間に皺を寄せた。エリーナの回復魔法のおかげで傷はすっかり治っており、制服も着替えているため何事も無かったかのように見える。

しかし凄まじい痛みを受けたことによる精神的なダメージで、心なしか顔色は優れない。

「あの野郎、自分は戦わずにさっさと逃げやがって……今度会ったらタダじゃおかねえ……」

エドワードと同じ重傷だったはずのジャックは、ハンモックに寝転がって平常運転であった。

生徒会メンバーの中で最も強靭なメンタルを持ち合わせているのはジャックかもしれない。

ライルが口を開く。

「幻影魔法を使っていなければ、ゴルドーという男は人間です。おそらく、魔族側に寝返った者かと……って、ユフィ、何をして……」

「本当にごめんなさい‼」

突如、ユフィが頭を地面につけて土下座をした。

一体何事かと、その場にいた面々は呆気に取られる。

「私……つい、感情が昂って、我を忘れてしまったと言いますか……とにかく、私なんかが出しゃばってしまい本当に申し訳ございません……‼」

「ちょっ、落ち着いてユフィ！」

ガンッ、ガンッと頭を床に打ち付けるユフィに、ライルが屈んで優しく語りかける。

「ユフィが謝ることはひとつもないよ。むしろ、感謝すべきは僕たちの方だ」

「そうよ！　ユフィちゃんがいなかったら、私たちの命が危なかった……本当に、ありがとう」

エリーナが言う。

「俺は気絶していたが、今もこうして生きているのはユフィのお陰なんだろう。……感謝している」

エドワードも控えめに頭を下げる。

「ユフィ、お前はヒーローだぜ！　もっと自信持て！　あんなゲロやばいモンスターを一瞬でぶっ飛ばすなんて、すげえとしか言いようがねえよ。俺の師匠になってほしいくらいだ！」

ジャックは興奮気味に言った。

「えっ……あっ、うっ……そ、そんな……」

四人から一気に感謝のシャワーを浴びせられて戸惑うユフィ。

こっぴどく怒られると思っていたので、この反応は完全に予想外であった。

少しだけ照れ臭そうに顔を赤らめ、ユフィは言葉を紡いだ。

「そう言っていただけると、嬉しいです……」

ぷしゅーと頭から煙を立たせながら、ユフィは気まずそうに言葉を続ける。

「実はきんぐさいくろぷす？　との戦いのことはあまり覚えていなくて……無我夢中だったと言いますか、なので、私の魔法で皆さんに怪我とかさせてしまったのではないかと、心配で心配で……」

「それはないから安心して。ただ……」

「ただ？」

ライルが目を逸らす。

（（ユフィは絶対に怒らせちゃいけないな……））

あの場にいた面々は総じて、同じことを思ったのであった。

ユフィは小首を傾げたままだったが、ノアが会話の舵を切る。

「そんなに凄かったのでしたら、書類仕事なんてやらずに同行すれば良かったですね。それはともかくとして……」

ノアが深刻な表情で続ける。

「この件は我々だけで片付けるには重大すぎるので、学園側の判断も仰ぐべきだと考えています。ただ報告するにあたり、ユフィの攻撃魔法の使用については触れざるを得ないでしょう」

ノアの言葉に、生徒会内に緊張が走る。

「先日言ったように、誰に報告するのかは慎重に選ばなければなりません。それについては僕が考えるので、決まり次第皆さんに連絡します」

皆は頷く。ノアの言う通り、今回の一件はただの生徒である自分たちには手に余りすぎる。

大人の判断を仰ぐ方が得策だろうという決断は妥当と言えた。

「それと、今回は聞く限り緊急事態だったので問題はありませんが、よほどのことがない限り、原則として人前で攻撃魔法は見せないようにお願いしますね」

「は、はい！　もちろんです！」

背筋をピンと伸ばし、ユフィは力強く答えた。

その時、ふとエリーナが尋ねる。

「そういえばユフィちゃんって、どうやってその強力な攻撃魔法を習得したの？」

「「確かに」」

一同の興味がユフィへと集中する。

「そ、そんな大したことはしていませんが……」

ユフィは自信なさそうに答えた。

「えっと、簡単に言うと、七年くらい毎日練習をし続けただけですね」

「七年間毎日⁉」

エリーナが声を裏返す。

「れ、練習はどこでしていたの？」

「最初は村の外れの森で練習していたのですが、使える魔法の規模が大きくなってくると迷惑をかけると思ったので、風魔法を使い北の山岳地帯に移動して、そこで練習をしていました」

「北の山岳地帯……もしや、エルドラ地方のことか？　木々が少なく、鋭利な形の山が多い場所だ……」

エドワードが驚いた様子で尋ねる。

「名前はわからないですが、山はとんがっていたような……」

「やはり！　そこは魔王領に近く、瘴気も濃い危険地域だぞ！　キング・サイクロプス級の魔物がゴロゴロいて、一般人はまず立ち入ってはいけない！」

「えっ、そうなのですか？　人気が少なそうでちょうど良さそうだったので、練習場所に選んだのですが……確かに、魔物は多かったような……」

ユフィの言葉に、ライルが顎に手を添える。

「そういえばここ数年、エルドラ地方で出現する魔物の数が激減したと聞いたような」

「ま、魔物は人間に害を与えるものだと教会で教わったので、駆除もできるし、魔法の練習台になるしでちょうど良いと思って、見つけ次第、攻撃魔法を放っていました……」

「「「あっ……」」」

——お前たちも、エルドラ地方で多くの魔物を討伐しただろう？

ゴルドーが口にした言葉が、ライル、エリーナ、ジャックの頭の中をよぎる。

「えっ、私、何か変なこと言いました？」

あまりにも常識外れな練習量。そしてユフィが無自覚のうちに、魔王軍勢の戦力をゴリゴリに削っていたという事実に、一同はただただ驚愕するしか無かった。

しかしその反応を目にして、ユフィのネガティブが発動してしまう。

「やっぱり、女で攻撃魔法を使えるだなんて、変、ですよね……」

ぽつりと、ユフィは焦燥したように言う。

「私、本当は攻撃魔法じゃなくて、回復魔法を習得したかったんです」

自分の意思に反して、言葉が溢れてしまう。

「子供の頃に聖女様に憧れて……回復魔法を使えるようになれば、私も聖女様みたいに、たくさんの人に慕われるようになるのかなって思って……」

こんなこと言うつもりなかったのに。

こんな暗いこと言ったら皆を困らせてしまうのに。そうわかっていても、ずっと胸に溜め込み思い悩んでいた蟠《わだかま》りが溢れて、止めることが出来なかった。

「だけど盛大に勘違いをして、七年もの間、攻撃魔法の練習に打ち込んでしまいました。回復魔法の練習もそれから頑張ったんですけど、どれだけ練習しても全然ダメダメで……結局私は、攻撃魔法しか無かったんです」

自嘲気味な笑みを浮かべて、ユフィは続ける。

「私から攻撃魔法を取ったら、何も残らないんです。攻撃魔法が無ければ……私は、暗くて卑屈で猫背で皆に迷惑しかかけない面倒くさい女で……」

「それは違うよ」

ライルが、ユフィの言葉を遮った。

ユフィがゆっくりと顔を上げる。

「ユフィに攻撃魔法しかないなんて、とんでもないよ。少なくともユフィは、仲間のために怒って、仲間のために一生懸命になってくれる……」

優しげな笑みを浮かべて、ライルは言った。

「ユフィが攻撃魔法を使えなかったとしても、僕はユフィの友達になっていたよ」

――それは、ユフィが最も欲していた言葉だった。

「あ……えっと……」

「そうだよね？」

ユフィが次の言葉を決めかねている間に、ライルが生徒会のメンバーを見渡して尋ねる。

「ユフィのことは好意的に見ていますよ。じゃないと、生徒会入りを許可していません」

微かに口角を持ち上げてノアが言う。

「膨大な力を持っているくせにオドオドしている所は気に食わねえけど……まあ、そこがユフィの良いところだと、俺は思うぜ」

ジャックがハンモックに寝転がったまま言う。

「最初は礼儀知らずで鈍臭い奴だと思っていたが……今は認識を改めざるを得ない。俺個人としても、ユフィの人間性は評価している」

眼鏡を持ち上げてエドワードが言う。

「私はもちろん、ユフィちゃんのこと大好き！　可愛いし、面白いし、あとなんと言っても、とても優しくて、良い子だしね」

この学園に来てから出会った人たちの一言一言が、胸にじんわりと溶け込んでいく。

自分を肯定してくれる言葉が、ユフィの凍てついていた心を癒していく。

不意に目の奥が、熱くなってきた。

（あれ……おかしいな……）

視界も滲んできて……。

「ちょ、ユフィ!?」

「ユフィちゃん!?　大丈夫？」

ぽろぽろと涙を流し始めたユフィに、ライルとエリーナが声をあげる。

「どこか痛いの？　待ってて、今すぐ治してあげるから！　癒しの神よ……」

「ち、違うんですっ……」

ぐしぐしと目元を拭って、ぶんぶんと頭を振って、ユフィは涙声で答える。

「嬉しくて……」

——ユフィちゃんって、いつも一人だよね。

ずっとこの言葉の呪縛に捕らえられていた。

子供の頃から人と話すのも集団行動も苦手で、いつも一人だった。

心の中では誰かと一緒にいたいと思っていた。でもやっぱり人と話すのは怖くて、自分なりに頑張ってやっと友達ができたと思っても、相手は友達と思っていなくて、やっぱりまた一人になった。

人が離れていくのは自分がつまらない人間だから、一緒にいたくないと思うような性格をしているから、そう思って諦めていた。

でも違うと、ライルは言ってくれた。それが本当に本当に嬉しくて。

もういつぶりかわからない涙を流すくらい、嬉しかったのだ。

ユフィの生い立ちを知らない生徒会メンバーたちは、そんな彼女の内情を推し量れてはいない。

ただ、ユフィの流す涙が悲しみや辛さの類のものではない、むしろその逆のものだと察したようだった。

「本当、ユフィちゃんは可愛いんだから」

そう言って、エリーナがぎゅっとユフィを抱き締める。

温かくて、胸がいっそうぽかぽかした。

エリーナに優しく撫でられながら、ユフィは思う。

(ほんの少しだけでも、自信を持っていいのかな……)

自分という人間に対して、前向きになってもいいかもしれない。

学園にやって来て出来た『友人』たちの言葉を通して、そう思うユフィであった。

第六章　やっぱり平和が一番だよね！

ちゅんちゅんちゅん。

「……やってしまった」

翌朝、寮の自室にユフィの呟きが漏れる。ベッドの上で呆然とするユフィの表情は、寝起きなのも相まって魂がごっそり抜け落ちているようにも見えた。

もちろん、ユフィが焦燥している理由は寝起きのせいではない。

「あああああ～～～～！！！　恥ずかしい！　恥ずかしい！　恥ずかしいいいいいぃぃぃぃ～～～～～！！！！！」

ゴロゴロゴロ!!

顔を覆いユフィはベッドの上を転がり回る。昨日、生徒会室でライルたちの前で泣きじゃくってしまった。そのことを思い出すと、このまま転がって実家に帰りたくなるほど恥ずかしい。

ゴンッ！

「あいだっ!?」

勢い余ってベッドから飛び出し壁に激突してしまう。

「いっ……たい……」

後頭部のジンジンとした痛みにうめいていると。

『ちょっと！　朝っぱらからなんの騒ぎでございますの⁉』

壁の向こうから鋭い声が飛んできた。

「ひぃ！　ごめんなさい！」

壁から飛び退いて、ユフィは地面に頭を擦り付ける。ペコペコペコーッと壁に向かって土下座をする光景は、この寮に来てから風物詩となりつつあった。

しん……と静寂が部屋に舞い降りて、ユフィはホッとした。

「また、献上しないと……」

ユフィは立ち上がり、未だパンパンに膨らんでいるリュックからゴソゴソとゴボウを取り出す。

これも、もはやお馴染みとなった貢物である。

「ラッピングは……どうしようかな」

祭壇はお気に召さなかったようだから、何か別のラッピングをしないと、とユフィはゴボウを手に考える。お隣さんが名家のご令嬢だと判明したのはつい一昨日のこと。ユフィの生徒会入りに対して難癖をつけられ、一方的に絡まれていたところをライルたちが駆けつけてくれた。

ジャックが放った火魔法によって誕生した見事なアフロヘアが強く印象に残って……。

――コンコン。

「ぴゃっ⁉」

突然、部屋にノックの音が響いてユフィは飛び上がった。

「だ、誰……？」

自分の部屋を訪ねてくる者の心当たりは皆無だ。

ごくりと喉を鳴らして、恐る恐るドアを開けると。

「おはようですわ」

腕を組み、むすっとした表情をしたお隣さんが立っていた。

コチンッと、ユフィの表情が固まる。

「…………」

「ちょっとちょっと！　なに閉めようとしていますの⁉」

焦りの声をあげながら手に持っていた扇子をドアの間に挟むお隣さん。

「はっ、すみません！　私を訪ねてくる人なんて人生でいなすぎてどうすれば良いかわからずつい反射的に逃げの姿勢をとってしまいました」

「そ、そうなのね？　何か、とてつもなく悲しいことを聞いたような気がするけど、気のせいかしら？」

「タ、タブンキノセイデスヨ……えっと、おはようございます……キャサヴィッチさん？」

「名前と家名が繋がっていますわ」

「ああっ、ごめんなさいごめんなさい！」

「そういえば、ちゃんと名乗るのは初めてでしたわね。キャサリン・クルクルヴィッチですわ。以後、お忘れなきように」

再び土下座を決め込みそうな勢いで頭を下げるユフィに、キャサリンは嘆息して言う。

「あ……ありがとうございます、キャサリンさん。えっと、私はユフィ、です……はい」

ちらりと、ユフィの頭を見る。綺麗な金髪縦巻きロールは包帯でぐるぐる巻きにされていて。何か盛大な怪我をしたみたいになっている。

「私の髪について何かコメントを口にしようものなら、クルクルヴィッチ家の総力を挙げて潰しますわよ?」

「ひい！　ごめんなさいごめんなさい！」

本気でビビリ散らかすユフィに、キャサリンは溜息を漏らす。

「まあいいですわ。それはさておき、そのゴボウは私宛てでして？」

ユフィが手に持つゴボウを扇子で指差しキャサリンは尋ねる。

「あっ……はい。またうるさくしてしまったので、お詫びの印《ゴボウ》を用意していました……って、よくわかりましたね？」

「貴方の今までの行動からして、どうせまたゴボウをお裾分けしにくるつもりだったのでしょう？」

「凄い！　心を読める魔法の方ですか？」

「そんな禁忌魔法は使えませんわ！　貴方が分かり易すぎますの。また部屋の前に祭壇を造られても困るから、私直々に取りに来てあげたのですわ」

「わ、わざわざご丁寧にありがとうございます……そしてごめんなさい、これからはもう二度とうるさくしません。このゴボウを渡すのもこれが最後になるように尽力いたしますので、どうかお許しを……」

ユフィが言うと、キャサリンはこの世の終わりみたいな顔をした。

「……べ、別に、たまにでしたら、うるさくしてもよろしくてよ？」

「えっ？」

予想だにしなかった言葉にユフィは首をかしげる。

「もちろん、ゴボウはしっかりといただきますわ！　それが守れるなら、壁をぶっ叩こうが奇声を上げようが問題ございませんわ」

キャサリンの言葉から、ある一つの可能性に行き着く。

ゴボウと、キャサリンを見比べてユフィは言った。

「もしかして、キャサリンさん、このゴボウを気に入って……」

「ちがっ、そんなわけないですわ！　ま、まあ確かにあくまでも個人的な嗜好においてこのゴボウは高い評価を与えざるを得ないほど良質な味ですが特別気に入ったとかそういうのではないですからあくまでも健康のためですわ健康のため」

何やら早口で言ってから、キャサリンはビシッと扇子をユフィに向けて言う。

「とにかく！　この私、クルクルヴィッチ公爵家の令嬢である私が直々に、ゴボウと引き換えに騒いでも良い権利を与えましたの、この点については感謝するべきでしてよ？」

「あっ、はい！　感謝します！　ありがとうございます！」

ペコペコッとお辞儀をするユフィに、キャサリンはぱちくりと瞬きする。

やがて、調子を狂わされたように頭を掻いて。

「……やっぱり、貴方って変わってますわね」

そう言うキャサリンはやりにくそうだったが、口元はほんの僅かに緩んでいた。

◆

「シンユー、行ってくるね」

『行ってらっしゃい、ユフィー』

キャサリンにゴボウを手渡した後、ユフィはいつものように身支度をして寮を出て学校へ向かった。

空は抜けるように青く、適度に涼しい風が頬を撫でて気持ちがいい。

いつもより胸が軽やかなのはきっと、気のせいではないだろう。

「おはよう、ユフィ」

教室に到着すると、ライルが気さくに挨拶をしてくれる。

「お……おはようございます、ライル様」

昨日、ライルの前で恥ずかしい姿を見せてしまったためか、いつも以上に声が安定しない。

そそくさと席について机に突っ伏し、ホームルームが始まるまで外界の情報をシャットアウトしようとするが。

「ユフィ」

「は、はいっ」

声をかけられて、振り向く。心なしか、ライルの表情が険しい。

「わ、私、気づかないうちに何か無礼を？　ああ本当にごめんな……」

「違う違う、そんな大したことじゃなくて」

ぽりぽりと頬を掻いた後、ライルは言った。

「もうそろそろさ……『様』じゃなくて良いんじゃない？」

ライルの言葉の意図はすぐにわかった。第三王子という、自分と比べて太陽とアリンコほどの地位の差のライルに対して『様』付けは当然だと思っていた。

（でも、ライル様自身がしなくて良いと言うのなら……）

むしろ、その言葉の通りにする方が失礼に当たらない気がする。

「わかりました……えっと、ライルさん」

「君とかで良いよ」

「さ、流石にそれは周りの目を考えるとハードルが高いといいますか」

ライルが良くても、その他大多数の貴族が許さないだろう。

「うーん……それもそっか。じゃあ仕方がないね」

ライルは若干残念そうだが、ここで妥協してくれたことにユフィはホッとする。

同時に、ライルとの心の距離が少しだけ縮まった気がして、なんだか胸が温かくなった。

（なんか、いいな……）

学校に行くと、友達がおはようを言ってくれる。

普通の人にとっては当たり前の光景かもしれない。だが今までずっと一人だったユフィにとっては、思わず顔が綻んでしまうほど喜ばしいやり取りだった。

「やけに嬉しそうだけど、どうしたの？」

「なんでもないですよ、ライルさん」

ユフィが返したその時。

「ライル様！　おはようございます！」

「今日もご機嫌麗しゅう、ライル様！」

一昨日と同じく華やかな格好をした令嬢二人がライルに話しかけてきた。

知らない人と話すのはご勘弁被りたいので、ユフィは光速で机に突っ伏す。

「おはよう、アンナ、ソフィ。今日もとても美しいね」

「まあああああ！　ライル様にそう仰っていただけて、今日も一日頑張れそうです！」

「ありがとうございます！　ありがとうございます！　ライル様とお話しできた今日という日も、私は思い出の一ページにしかと刻みたく存じます！」

「だから、それは流石に大袈裟だよ」

ライルは苦笑しつつも受け応えをしている。

気を遣ってくれているのか、一昨日のように話を振ってくる気配は無かった。

（うう……ここで私も会話に混ざれたらな……）

前回は話を振られた瞬間、ユフィは気配を消して教室から逃げ出した。

ライルと話すだけだったら平気だが、他の人も混ざるとまだまだ緊張してしまう。

（でも……）

この学園に来てから、ライルだけじゃなく、エドワードやジャック、エリーナ、そしてノアとも話せるようになった。人と会話することに大の苦手意識があったが、今はほんの少しだけ和らいでいる気がする、それに……。

――ユフィが攻撃魔法を使えなかったとしても、僕はユフィの友達になっていたよ。

ライルの言葉が頭の中でリピートする。

それは、ユフィの後ろ向きな思考を大きく前進させる魔法の言葉だった。

がばっ、ゴッ。

「あいたっ」

顔を上げたら勢い余って後ろの席に後頭部をぶつけてしまった。とっても痛い。

（締まらないな、私……）

思わず苦笑が漏れる。でも仕方がない、これが自分という人間なんだから。

「だ、大丈夫かい、ユフィ？」

ライルが心配そうな声をかけてくれる。

「えっ、なになに……？」

「えっと、ユフィ、さんだよね……？」

さっきまでピクリともしなかったのに急に動き出したユフィに、二人の令嬢は困惑していた。

その二人に顔を向け、強張る表情筋を懸命に宥める。

（勇気を出せ、私！）

曲がっていた背中をしゃんと伸ばし、息をたっぷり吸い込んで、ユフィは口を開いた。

「あのっ――」

◆不穏な空気だねエピローグ◆

「誰も殺せなかっただと？」

闇一色に染まった洞窟で、異形の影が声を落とす。

氷の棺に閉じ込められたような、身も凍るほどの冷たさを帯びた声だった。

「はい、左様でございます……」

ゴルドーの声は震えていた。ゴツゴツとした地面に膝をつき影の前に平伏《ひれふ》す姿は、彼が底知れぬ恐怖に打ち震えていることを如実に表していた。

「キング・サイクロプスと魔石を失ったにも拘わらず、何の成果も出さぬまま、おめおめと逃げ帰って来たと？」

怒りと、失望が混ざり合った声。

「た、大変申し訳ございません！　ですが……!!」

縋るように叫ぶゴルドーの形相は必死だった。

「あのユフィという女がどう考えても異常……」

彼の言葉が終わる前に、影から無慈悲な閃光が放たれる。

それから、ゴルドーの首元を一閃。

「ぁっ……へっ……？」

急な出来事にゴルドーの意識が追いつけない。

否、永遠に追いつくことはなかった。

切り落とされたゴルドーの首が宙を舞い、洞窟の冷たい地面に血を撒き散らしながら転がる。

「次は首ごと焼き落とすと、言ったはずだ」

首を失ったゴルドーの胴体が、無慈悲な現実を受け入れられず、静かに洞窟の地に倒れ込む。

「……ユフィ・アビシャス……」

深い怒りに満ちた声が、一人の少女の名を呟きながら闇に消えていく。

後には、物言わぬゴルドーの亡骸《なきがら》だけが残された――。

あとがき

初めましての方は初めまして。

お久しぶりの方はお久しぶりです、青季ふゆです。

本編を最後まで堪能してから読んでくださっている方も、あとがきから読む派の方も、こうしてお会い出来たことを大変嬉しく思います。

最強攻撃魔法使いユフィが織りなす、爽快バトルハートフル脱ぼっち学園コメディ、いかがだったでしょうか？

ちょっぴり（？）変わったユフィちゃんの物語に、時にはクスッと、時にはうるっと楽しんでいただけましたら作者として至上の喜びでございます。

さてさて、いわゆる『作者買い』をしてくださっている読者の皆様（いつもありがとうございます！）はご存じだとは思いますが、青季ふゆはジャンルが定まらない作家です。

デビュー当初は男性向けの青春ラブコメを書いていたと思えば、急に女性向けの甘々溺愛シンデレラストーリーを刊行し、そしてこの度は主人公最強ファンタジーコメディを執筆するに至りました。

2024年1月の時点では未発表ですが、現代を舞台にしたバトル・アクションものの企画も執筆しているので、ますます「一体自分はどのジャンルが専門の作家なんだろう……？」と首を傾げる毎日です。

題材がバラバラでお前の作家性はなんなんだと何度突っ込まれたかわからない私ですが、実は作品を読んでみるとストーリーには全て一つの軸が通っています。

それは、『最初、不幸せだった主人公が最後には幸せになっている』です。

過去作についての解説は世界中の木を切り倒しても紙が足りなくなるので避けますが、本作についても、友達がいなくて不幸せだったユフィが、魔法学園に入学してからライルを始めとする友達が出来て幸せになっています。

そうなんですよね。どんな題材で、どんなキャラクターで書いても、最初どこか浮かない顔をしていた主人公が、物語を経て笑顔になっていきます。

多分これは私の性格に深く起因するものであり、変えることの出来ない作家性なのだと思います。

わかりやすい例を挙げると、虐げられロクな物も食べさせて貰えず可哀想な目に遭ってきたエルフ奴隷が優しいご主人様に拾われて温かい家で美味しいご飯を食べさせて貰えて傷だらけの身体も綺麗になってかわいいドレスとか着たりして少しずつ笑顔が増えてきてご主人様に恋心を抱いて気がつくと二人は恋仲になって結婚して幸せになる的なやつが超超超大好きなんです‼（オタク特有の早口）

いつか書きたいですね、そういうの。

本編で結構ふざけ倒してしまったのであとがきでは真面目に行こうと思ったら結局ふざけてしまいました。これも変えることの出来ない作家性かもしれません。

何はともあれ、これからも不幸せなキャラクターをどんどん幸せにしていきますので、同じ作風が好きな同志がございましたらぜひ青季ふゆの新作のチェックをお願いします！

とはいえ、なんの障壁も無くただ幸せになるのも面白くありません。

友達が出来てご満悦なユフィですが、彼女の存在をよく思わない者はたくさんいます。

これからユフィを数々の試練が襲いかかると思いますので、彼女がそれらをどう乗り越えていくのかも乞うご期待いただけますと幸いです。

真面目な雰囲気が消えないうちに謝辞を！

担当のＩさん、この度は本作を担当していただきありがとうございました。Ｉさんからアドバイスをいただく度に作品が魔法みたいに面白くなり感謝しかございません。

最強の魔法使いはＩさん、貴方です！

イラストレーターのボダックス先生、渋谷のスクランブル交差点の巨大スクリーンに映し出して拝みたいほど素晴らしいイラストをありがとうございました。

黒猫を頭に乗せ、ゴボウを握り締め凄まじい攻撃魔法を放つ美少女という訳のわからない指示書を、ラノベ史に残る名カバーに仕上げてくださって感無量でございます。

都会生活に疲れて定期的に田舎に帰るたびに温かく迎えてくれる両親、ウェブ版で応援をくださった読者の皆様、そして本書の出版にあたって関わってくださった全ての皆様に感謝を。

本当にありがとうございました！

それではまた、２巻で皆様とお会いできる事を祈って。

青季ふゆ

GC NOVELS

聖女様になりたいのに 攻撃魔法しか使えないんですけど!? 01

Seijosama ni naritainoni kougekimahou shika tsukaenaindesukedo!?

2024年3月8日　初版発行

著者　青季ふゆ

イラスト　ボダックス

発行人　子安喜美子

編集　伊藤正和

装丁　フクシマナオ（ムシカゴグラフィクス）

印刷所　株式会社平河工業社

発行　株式会社マイクロマガジン社
〒104-0041
東京都中央区新富1-3-7　ヨドコウビル
TEL 03-3206-1641 FAX 03-3551-1208（販売部）
TEL 03-3551-9563 FAX 03-3551-9565（編集部）
https://micromagazine.co.jp/

ISBN978-4-86716-541-6 C0093

ファンレター、作品のご感想をお待ちしています!

宛先
〒104-0041
東京都中央区新富1-3-7　ヨドコウビル
株式会社マイクロマガジン社　GCノベルズ編集部
「青季ふゆ先生」係　「ボダックス先生」係

アンケートのお願い

右の二次元コードまたはURL（https://micromagazine.co.jp/me/）を
ご利用の上、本書に関するアンケートにご協力ください。

■スマートフォンにも対応しています（一部対応していない機種もあります）。
■サイトへのアクセス、登録・メール送信の際にかかる通信費はご負担ください。

GC NOVELS
ハイブルク家
三男は小悪魔ショタです
The third son of the Heiburg family is a little devil shota
1
腹黒転生ショタ
×
イケメン男装令嬢
魅惑のおねショタペア登場!!
デンセン
イラスト/ごろー*
第1巻 好評発売中